KB113881

드래곤 레이드 6

크레도 퓨전 판타지 소설

초판 1쇄 찍은 날 § 2017년 4월 5일
초판 1쇄 펴낸 날 § 2017년 4월 12일

지은이 § 크레도
펴낸이 § 서경석

편집책임 § 김슬기
편집 § 조은상

펴낸곳 § 도서출판 청어람
등록번호 § 제387-1999-000006호
등록일자 § 1999. 5. 31
어람번호 § 제1-2670호

주소 § 경기도 부천시 부일로 483번길 40 서경B/D 3F (우) 14640
전화 § 032-656-4452 팩스 § 032-656-4453
http://www.chungeoram.com
E-mail § chungeorambook@daum.net

ISBN 979-11-04-91262-7 04810
ISBN 979-11-04-91103-3 (세트)

FUSION FANTASTIC STORY

크레도 퓨전 판타지 장편소설

드래곤 레이드 6

DRAGON RAID

도서출판 청어람

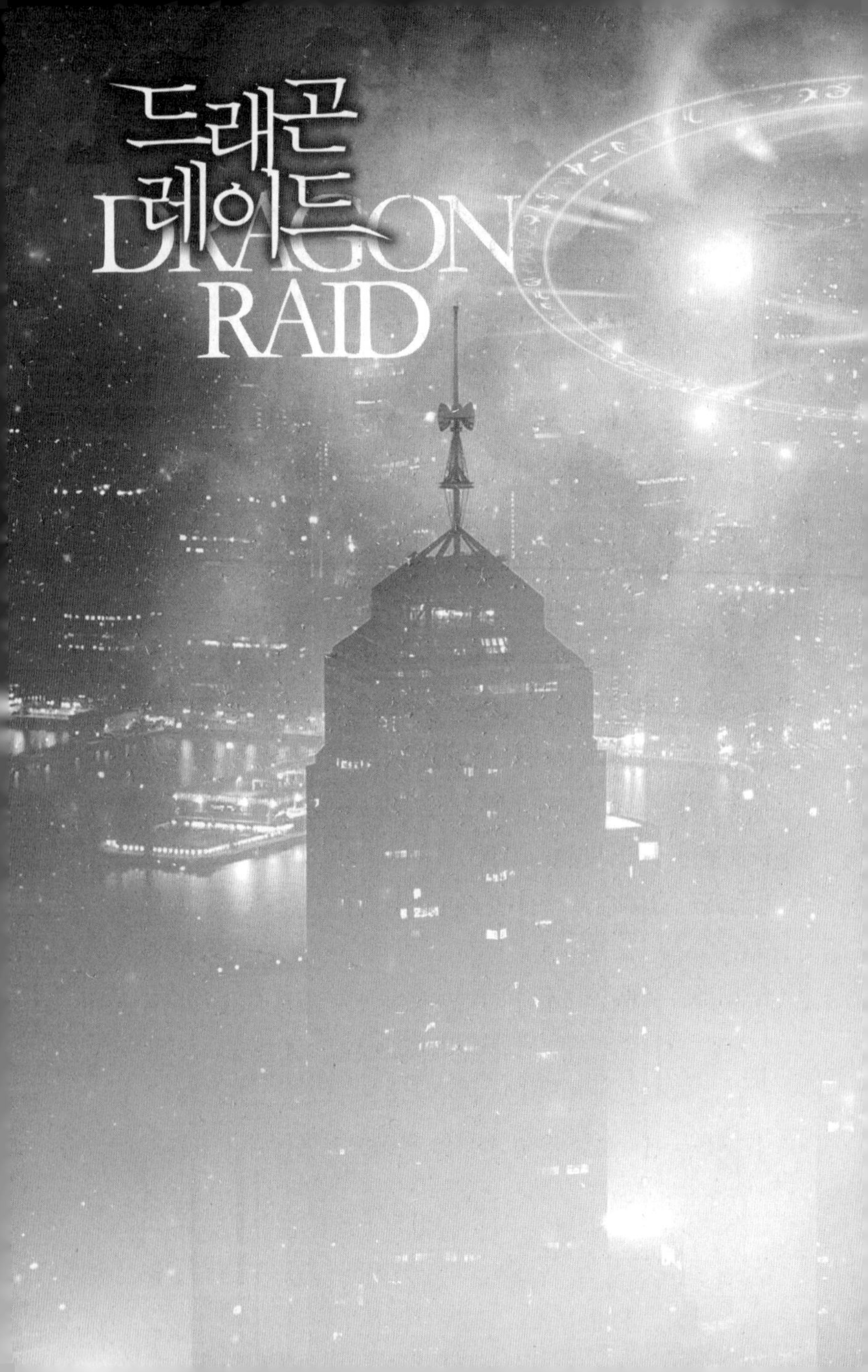
드래곤 레이드
DRAGON
RAID

CONTENTS

CHAPTER 1

드래곤 로드의 유산과 마족

폐막식을 끝으로 화려하던 단합 대회가 마무리되었다.

서로 간의 경계는 많이 풀어져서 적대적인 분위기는 대부분 사라졌다. 일반인도 아르케디아인을 전보다 더 친근하게 생각하게 되었고, 영웅으로 치켜세우는 분위기가 형성되었다.

단합 대회는 생각보다 효과가 좋았다. 4년 주기로 각 대도시와 대도시가 있는 지구의 도시에서 단합 대회를 개최하기로 정했기에 이번이 끝이 아니었다. 다음 단합 대회까지 지구가 멸망하지 않는다면 다음 단합 대회는 소론에서 열리게 될 것이다. 엘브라스는 아직 엘프와 다크엘프의 분쟁이 남아 있기 때문에 후보지에서 제외되었다.

한국에서 어마어마한 이득을 보았기에 폐막식 날 개최지가 정해지자 소론이 있는 국가는 거의 축제 분위기였다.

폐막식이 끝나자 타이밍 좋게 마물의 숲이 완전히 등장하게 되었다. 신루를 중심으로 레벨 50부터 120 이상까지 다양한 레벨의 사냥터가 생성되었는데, 마석으로 시작하여 마물의 숲까지 이어지는 레벨 업 코스는 많은 아르케디아인들을 신루로 찾아오게 하였다. 마물의 숲 근방까지 부활석을 설치하는 중이라 죽음에 대해 걱정은 하지 않아도 되었다. 본래는 세이프리의 주민들만 부활석을 이용할 수 있었지만 신루에 모험가 등록을 한 이들은 예외로 해주었다. 물론 하루마다 요금을 내야 했고 획득 아이템에 대한 세금 역시 내야 했다.

세계수는 현재 세이프리와 신루밖에 개통되어 있지 않았기에 아르케디아인들은 자연스럽게 세이프리에 머물면서 아이템을 구매하고 신루로 넘어가고 있었다. 세금 수입이 폭발적으로 늘어난 것을 보면 인구의 유입이 얼마나 늘어났는지를 잘 알 수 있다.

아르케디아인뿐만 아니라 아르케디아의 주민들도 세이프리를 찾고 있었다. 특히 세이프리와 무역협정을 맺은 소도시들의 사람들이 세이프리를 많이 찾았다.

무역협정을 맺은 도시 사람들에게는 세금을 특별히 감면해

주고 있었다.

세이프리와 신루는 나날이 발전해 갔고, 대박을 맞이한 것은 라스베이거스였다. 아르케디아인들에게 아예 무료로 숙식을 제공해 주며 아르케디안 유치에 나섰다. 신루의 건축자재 지원 같은 경제적 협조도 하고 있으니 라스베이거스 주변에 상점을 파견해 주었다. 세이프리의 아이템을 마물의 숲 근방에서 살 수 있게 되니 편의성이 상당히 좋아졌다.

'던전도 꽤 모았군.'

신성은 신루 근방에서 모은 던전 코인을 바라보며 웃었다.

150레벨을 넘은 신성은 현 지구 최강자였다. 세이프리의 가장 큰 전력이라 부를 수 있었다. 만약 다른 대도시들과 전쟁이 일어나더라도 전력의 약세를 뒤집을 수 있는 것이 바로 신성이었다. 지구에 출몰하는 마석이나 마물의 숲 역시 그의 상대가 될 수 없었다.

레벨이 150레벨이니만큼 현재 정상적인 레벨 업은 힘들었다. 어비스에 간다면 이야기가 달라지겠지만 현 시점에서 지구에서의 레벨 업은 무리가 있었다. 일단은 레벨 업에 연연하지 않고 새벽에 홀로 움직이며 던전 코인을 모으는 중이다.

벌써 다섯 개가 넘는 던전 코인이 그의 손에 있었다.

신성은 드래곤 레어에서 조합 목록을 바라보고 있었다. 몬스터 웨이브가 가능한 파견의 보석을 만들 수 있는 조건은 이미 갖춰놓고 있었다. 다섯 개의 던전 코인을 모두 써야 했지만 현재 레벨 업이 불가능한 신성에게 있어서 파견한 던전은 짭짤한 경험치 수입원이었다.

신성은 던전 정보를 불러왔다.

[C] 죽음의 던전(파견)
마계 서부 끝자락에 위치한 드래곤의 던전.
던전 마스터 : 죽음의 군주
던전 방문자 : 302명
던전 정복자 : 없음
[경험치를 습득할 수 있습니다.]
[획득 아이템을 확인할 수 있습니다.]

파견한 던전에서 마족을 사냥하며 모은 경험치를 나눠 받을 수 있었다. 신성이 경험치 탭을 누르자 빛무리가 감돌며 신성에게 전해졌다.

[LEVEL UP!]

레벨이 1 올랐다. 경험치의 양은 생각보다 많아서 오로지 자신의 성장에만 투자한다면 꾸준한 레벨 업이 가능해 보였다.

'몬스터 웨이브가 가능한 파견의 보석을 만든다면……'

아마 막대한 경험치를 얻을 수 있을 것이다. 몬스터들이 수확한 경험치를 받는 것이기 때문이다. 몬스터 웨이브가 생성되고 보스 몬스터가 마계에 등장하는 순간 마족들은 긴장해야 할 것이다. 지금 죽음의 군주만 하더라도 제법 강한 마족이 아니고서는 상대할 수 없었다.

100레벨이 넘는 것은 모두 중급 마족뿐이었고 신성처럼 150레벨에 달하는 이들은 모두 귀족으로 취급받는 상급 마족이었다. 마왕의 레벨이 대단해 높았는데 최소 300레벨 이상이었다.

'마왕을 만나기 전까지 적어도 300레벨은 만들어놔야겠지.'

성룡을 벗어나 다음 계급의 드래곤으로 가지 않는다면 마계와의 일전은 힘들었다.

아무튼 몬스터 웨이브가 가능한 마석을 보유하고 있다면 경험치 셔틀을 얻은 것과 다름없었다.

'좀 더 빠르게 강해질 방법을 찾아야 해.'

고민하던 신성은 드래곤 로드의 유산이 생각났다.

2차 각성을 하는 것이 조건이었으니 지금이라면 유산을 찾을 힌트를 얻을 수 있을 것 같았다. 디아나를 부르자 디아나가 머리에 물음표를 띄우면서 신성에게 다가왔다.

"조금 살펴봐도 괜찮을까?"

"괜찮음."

신성이 디아나의 심장 부근으로 손을 뻗으며 마력을 흘려넣었다. 그러자 빛이 일어나며 디아나의 몸속에서 파편 하나가 나왔다.

디아나는 눈을 깜빡이다가 몸을 움직여 보았다.

"상쾌함."

몸속의 이물질이 빠져나오자 몸이 한결 가벼워진 것으로 보였다. 신성은 파편의 정보를 살펴보았다.

[S+] 드래곤 로드의 유산으로 가는 지도

드래곤 로드의 모든 것이 남겨져 있는 곳으로 가는 지도이다. 오랜 세월이 지났지만 지도의 정보는 파괴되지 않고 남아 있다. 드래곤 로드는 훗날 찾아올 계승자를 위해 유산을 남겨놓았다. 드래곤 로드의 유산을 취한다면 드래곤 로드의 지위에 오를 수 있다.

드래곤 로드가 유산으로 무엇을 남겨놓았는지 누구도 모른다.

(마력을 주입하여 해당 지역에서 지도를 불러올 수 있습니다.)

신성은 파편 조각에 마력을 불어넣었다. 드래곤의 마력에 반응했지만 빛만 비출 뿐 지도는 나타나지 않았다.

[맵핑 조건]

*마계 서부 지역 로소드 칼날 산맥(마계)의 중심에 당도

마계로 가지 않는 이상 맵을 열 수 없었다.

신성은 드래곤 로드의 유산이 어비스에 있을 것으로 생각했지만 기이하게도 마계에 있었다. 드래곤 로드 정도 되는 존재라면 마계에 못 갈 것도 없었지만 이해가 되지 않는 부분이 많았다. 안타깝지만 드래곤 로드의 유산을 찾는 것은 후일로 미뤄야 할 것 같았다.

아르케디아 온라인에서 갈 수 있는 마계의 지역은 한정되어 있었는데 그러므로 신성이 기억하고 있는 마계의 정보는 적었다. 르소도 칼날 산맥은 물론이고 마계의 서부 지역이 어디인지조차 몰랐다.

아무튼 어비스 차원을 넘어 마계에 갈 목적이 생긴 신성이다. 드래곤 로드의 유산을 이어받는다면 한층 더 강력해진 힘을 얻을 수 있을 것이란 확신이 들었다.

'드래곤 로드의 상태가 조금 의심스럽기는 하지만 유산에 장난을 치지는 않았겠지.'

신성에게 드래곤 로드의 신용은 바닥이었다. 그저 호색 도마뱀 정도로 인식되고 있었다.

얼마 안 가 마족들과 전투가 일어날 것이고, 드래곤 로드의 유산도 있고 하니 마계에 대한 정보가 필요했다.

신성이 그렇게 생각할 때였다.

[드래곤의 지하 감옥에 포로가 전송되었습니다.]
[죽음의 군주가 선별한 포로입니다.]
포로 : 1명

*죽음의 군주가 남긴 코멘트
"마계는 좋은 곳. 흐흐흐, 악신이시여, 만족하시길."

죽음의 군주 아이콘이 떠올랐다. 누가 그렸는지는 몰라도 상당히 귀여운 아이콘이었는데 해골바가지가 엄지를 치켜들며 웃고 있었다. 요즘 들어 빅 베어랑 많이 어울리고 있었는데 마력 분신도 그 영향을 받은 것 같았다.

신성은 최근에 죽음의 군주를 암흑신전에 배치해 놓았는데 기이하게도 여성 신도가 폭발적으로 늘어나고 있었다. 그의 충성심은 의심할 바가 없으니 신성은 그냥 넘어갔다.

포로가 있으니 마계에 대한 정보를 뽑을 수 있을 것 같았다. 죽음의 군주가 선별했다고 하니 가치가 있는 포로가 틀림없었다.

신성은 포로를 만나볼 생각으로 지하 감옥으로 향했다. 루나는 신루에 완공된 아카데미에 가 있어 현재 드래곤 레어에 없었다.

루나가 간 이유는 아카데미 입교 후보자를 직접 뽑기 위해서였다. 세이프리의 도시 랭크가 한 단계 올라 현재 달마다 200명의 초보자를 받을 수 있었다.

세이프리의 주민들에게 특혜를 준 인원을 제외하고 아카데미에서 받을 수 있는 인원은 한 학기에 800명 정도였다.

신청자 수만 해도 어마어마했ㄱ 1차 면접에 합격한 인원은 10만 명이었다. 10만 명에서 800명으로 줄이는 과정은 분명 쉽지 않을 것이다.

도시의 미래를 위한 일이니 그런 수고를 감수할 가치가 충분했다. 각자의 위치에서 모두 열심히 하고 있으니 신성도 드래곤으로서, 악신으로서 할 일을 해야 했다.

지하 감옥이 있는 숲으로 가자 해골들이 흙을 뚫고 올라와 문을 열어주었다. 숲에서 해골들이 일어나는 광경은 상당히 섬뜩했다. 디아나가 다녀간 것인지 리본이 달려 있는 것을 제외한다면 말이다.

신성은 지하 감옥으로 가는 계단으로 내려갔다. 횃불이 놓여 있어 안은 그럭저럭 밝은 편이었다. 가장 구석에 있는 감옥 앞의 수정구에 불이 들어와 있다. 포로가 있다는 표시였다.

'마계에서 전송되기까지 시간이 꽤 걸렸나 보군.'

마계와 이곳은 차원을 넘어가야 했기에 전송되기까지 시간이 걸리는 편이었다. 경험치는 즉각적으로 쌓이지만, 아이템과 포로는 조금 더 기다려야 전송이 되었다.

드래곤의 눈으로 포로를 바라보았다.

71Lv

이름 : 트리시 디 하이데라

종족 : 하급 마족

성별 : 여자

신분 : 포로

감정 상태 : 두려움, 공포, 반항.

컨디션 : 71%

호감도 : 0%

신앙 : 없음

속마음

"여, 여기는 대체……?"

붉은 머리가 인상적인 하급 마족이다. 머리에 뿔이 나 있었는데 상당한 미인이었다. 머리에 있는 뿔과 마족 특유의 창백한 피부, 그리고 뾰족한 귀를 제외한다면 인간과 그다지 다를 바가 없었다.

신성이 아르케디아 온라인에서 상대하던 마족은 모두 덩치가 골렘처럼 크거나 좀 더 몬스터에 가까운 외형을 지녔다. 여성형에 인간 타입이라 조금 의외라고 생각한 신성이다. 무장이 해제되어 있었는데 그녀가 입고 있는 옷은 귀족적인 분위기가 흘렀다.

'마계는 마왕을 우두머리로 하여 전투만을 일삼는 곳이 아니었나?'

신성이 체험한 마계는 문명 자체는 낙후된 곳이었다. 어쩌면 그것은 단편에 불과한 것인지도 몰랐다.

감옥 안에서 밖은 보이지 않는 모양이다. 신성이 감옥 바로 앞에 있음에도 그녀는 신성을 눈치채지 못했다.

그녀는 반항적이었다. 어떻게든 빠져나가려고 구속 도구를 풀기 위해 몸을 비틀었다. 그럴수록 구속 도구가 몸을 더 조였다.

마력을 일으키려고 했지만 그녀에게 남은 마력은 없었다.

"크, 크윽! 그만……!"

신성의 앞에 있는 수정구로 그녀의 모든 마력이 빨려 나오고 있었다. 그녀의 몸에 붙어 있는 구속구가 마력을 빨아들이며 수정구로 전송하고 있는 것이다.

지잉!

수정구에서 아이템 하나가 생성되더니 떨어졌다.

[C] 보랏빛 하급 마정석

마족의 마력을 뽑아 만든 마정석. 하급 마족의 마력으로 만들 수 있는 마정석이다. 최대 하루에 3개까지 만들 수 있다. 보랏빛 하급 마정석은 일반 하급 마정석에 비해 마력 보유량이 낮은 대신 방출할 수 있는 마력량이 높다.

마족의 마력으로 만들어진 하급 마정석이었다. 지하 감옥은 포로 수용 외에도 이런 식으로 아이템을 생산할 수 있었다. 지하 감옥 안에 딸려 있는 곳에서 노동을 시킬 수도 있었는데 포로의 상태에 따라 생산력이 결정되었다.

수정구를 조작하자 다른 정보창이 떠올랐다.

[지하 감옥 수위 : 하(下)]

포로에게 인격적으로 대해주는 상태.

배식 : 딱딱한 빵과 묽은 수프

청결 : 양호

노동 : 없음

고문 : 없음

심문 : 예정 중

나름 인격적으로 대해주고 있었다. 그러나 신성은 적에게 그런 태도는 불필요하다고 생각했다. 그들은 지구를 선제공격해 왔고 많은 아르케디아인에게 피해를 준 적이 있다. 전쟁에서는 아군 아니면 적만 존재할 뿐이다.

신성은 바닥에 떨어진 마정석을 손에 들었다. 그러자 마력이 신성의 몸으로 스며들어 왔다.

[지배의 권능이 발현됩니다.]
[마족의 마력을 흡수하였습니다. 마족으로의 변신이 가능합니다.]

신성은 놀랄 수밖에 없었다. 모든 종족으로의 변신이 가능하다는 것은 알고 있었지만 마족은 생각하지 않고 있었기 때문이다. 마족만큼 다양한 종족 특성을 지닌 이들은 드물었다. 마족으로 변할 수 있다는 것은 대단히 큰 힘이었다. 적인 마족으로 변할 수 있으니 전술의 범위가 많이 늘어났다고 할 수 있었다.

신성은 용언을 사용해 마족으로 변해보았다. 키가 조금 커지고 뿔이 돋아나는 외형적인 변화가 있었다. 휴먼족일 때보다 발휘할 수 있는 마력의 양이 늘어나 있었다.

본체의 힘을 그럭저럭 발휘할 수 있는 그릇으로 생각되었다. 악신의 권능을 발휘하기에도 더 편해진 느낌이 있었다.

'마족이 되었으니 마왕도 될 수 있으려나?'

마왕의 특성을 익힌다면 드래곤 본신의 능력도 큰 폭으로 상승할 것 같은 예감이 들었다. 신성은 정보창을 살펴보았다.

[A+] 용혈의 마족

드래곤이 변신한 마족.

드래곤의 힘과 마족은 궁합이 잘 맞는 편이다.

아득히 먼 옛날 드래곤의 피가 흐르는 마족이 마왕이 되었다는 이야기가 있다. 마족에게 있어서 용혈이라 함은 곧 축복을 의미한다. 지역에 따라 드래곤을 숭배하는 곳이 존재할 정도이다.

*드래곤 로드의 조언

"마족 만세! 이곳은 지상 낙원이다! 어린 드래곤이여! 진정한 드래곤이 되려면 마계로 향하라! 이곳에 나의 모든 것을 놓고 갈 것이다!"

*[A] 지배의 힘

용혈이 마족의 특성으로서 변한 형태. 전투, 또는 승부에서 이겨 마족을 지배할 수 있다. 패배하게 된다면 치명적인 상처를 입을 수 있다.

지배의 힘에 의해 한 번 지배된 마족은 반항할 수 없다.

드래곤 로드의 유산이 왜 마계에 있는지 이해가 단번에 된 신성이다.

'그래도……'

신성은 그래도 드래곤의 대표이니 무인가 이유가 있지 않을까 생각했다. 드래곤이 사라지게 된 것과 연관이 있지 않을까 하는 생각이 들었다.

그래도 오랜만에 나온 정상적인 특성이었다. 리스크가 있지만, 일반적인 특성보다 더 큰 힘을 발휘할 수 있다는 점이 마족다웠다.

신성은 감옥 문을 열고 안으로 들어섰다.

적이 협조하지 않는다면 인격적으로 대우해 줄 생각이 없다.

신성은 성자가 아니었다. 악신이라는 이름이 있는 만큼 적어도 적에게는 사악함의 극치를 보여줄 수 있는 존재였다.

드래곤의 흉포함, 그리고 악신의 사악함이 발휘된다면 그야말로 적은 재앙의 끝을 보게 될 것이다. 적의 고통과 절망이 악신을 강하게 하고 파괴와 지배가 드래곤을 성장하게 했다.

마계가 어떤 곳이든 간에 적인 이상 신성은 그들에게 철저한 고통을 부여해 줄 것이다.

뚜벅뚜벅!

신성의 발걸음 소리가 적막한 지하 감옥에 울려 퍼졌다.

몸을 부르르 떨며 고개를 숙이고 있던 마족이 고개를 들어 신성을 바라보았다.

"아⋯⋯."

해골병사가 횃불을 들고 신성의 뒤를 따라왔다.

횃불이 신성을 비추는 순간 그녀의 입에서 상황과 어울리지 않는 감탄사가 터져 나왔다.

*　　　*　　　*

신성이 바로 앞에 왔음에도 그녀의 표정은 바뀌지 않았다. 여전히 멍한 상태였다. 신성은 그녀의 상태가 이상하다는 것을 눈치챘다. 보통 이렇게 포로로 잡힌다면 반항하며 소리치거나 일부러 무시하는 등, 그러한 태도를 보이는 것이 일반적이다.

잠깐 동안 침묵이 이어졌다.

횃불이 타는 소리와 해골의 달그락거리는 소리만이 지하

감옥에 울려 퍼졌다.

"아……."

그녀 트리시는 멈추고 있던 호흡을 내뱉으며 신성과 눈을 맞추었다. 신성의 금안에 빨려 들어갈 것 같아 그녀는 시선을 피했다. 영혼마저 속박되는 감각은 짜릿한 쾌감을 불러왔다. 트리시는 몸이 달아오르는 것을 느꼈다.

신성은 모르고 있었지만 마족인 그의 모습은 저주와 같은 매력을 지니고 있었다. 신성의 그런 매력에 익숙해진 자들은 그럭저럭 넘어가겠지만 마족은 그렇지 않았다.

마족은 강한 상대에게 본능적으로 끌렸다. 그것은 남성이든 여성이든 다르지 않았다. 마왕의 주위로 수많은 이들이 모이는 것도 바로 그 때문이었다. 특히 신성이 지닌 용혈의 특성은 트리시의 이성을 강력하게 흔들어놓았다.

"여기는……."

"지하 감옥."

신성의 목소리가 그녀에게 유난히 달콤하게 느껴졌다. 서큐버스의 특성을 지닌 그녀는 이성의 유혹에 강한 편이었지만, 그런 그녀조차 도저히 버틸 수 없다고 스스로 판단을 내릴 정도였다. 마계에서 잘나간다는 인큐버스 킹도 저 정도는 아니었다. 아마 서큐버스 퀸이라고 해도 저 사내의 앞에서라면 맥을 못 출 것이다.

눈앞의 남자는 마계의 판도 자체를 바꿔 버릴 만한 매력을 지니고 있었다. 트리시는 만약 그가 강력한 여성 마족들이 지배하고 있는 동부 쪽에 나타난다면 대규모 영지전이 벌어지지 않을까 하고 생각했다.

마족은 강한 상대를 갈망했다. 강한 혈통만이 마계에서 살아남을 수 있다는 것을 알기 때문이다.

'어째서 이런 남자에 대한 소문을 못 들은 거지?'

마계는 넓은 편이었지만 강자에 대한 소문은 빨리 돌았다. 고위 마족인 소로도 백작의 사람이라고 추측해 보았지만 금세 고개를 저을 수밖에 없었다. 신성에게서 느껴지는 존재감은 절대 누군가의 밑으로 들어갈 자가 아니라는 것을 알려주고 있기 때문이다.

그녀는 하급 마족에 불과했지만 여러 고위 마족을 직접 두 눈으로 봐왔고 마왕도 가까이에서 본 적이 있었다. 마왕조차 이런 압박감을 줄 만큼의 존재감을 뿌리지 못했다. 무력을 떠나서 그것은 영혼이 지닌 격의 차이라고 보는 것이 맞았다.

마계에서 약자가 강해지는 것은 있을 수 있는 일이었다. 그러나 그 약자는 강해질 운명을 타고난 강자였다. 그녀처럼 말이다.

'슬슬 시작해 볼까.'

그녀의 복잡한 생각이 표정에서 드러났다. 신성은 그녀가 이제 포로다운 모습을 보여준다고 생각했다. 포로를 고문하는 일은 그다지 하고 싶지 않은 일이었지만 마계의 정보가 필요한 지금 신성은 과감하게 행동할 필요성이 있음을 알고 있었다.

용언을 사용해서라도 말하게 할 생각이다. 정신적인 부분을 용언으로 들쑤셔 놓는다면 그 부작용이 생길 것이다. 폐인이 될 가능성이 크기에 최후의 수단으로 남겨놓을 생각이었다. 그녀의 신분이 꽤 높아 보이니 포로로의 가치는 아직 충분히 있었다.

"네가 아는 모든 걸 말해라. 반항한다면……."

신성의 의지를 알아들은 해골병사가 지하 감옥 창고에서 고문 도구를 가지고 왔다. 커다란 통이다. 아직은 개봉되지 않았지만 꿈틀거리는 무언가가 느껴졌다.

아직 물품을 구비해 놓지 않아 창고에는 있는 것이 별로 없었다. 세뇌실도 지금은 텅텅 비어 있었다.

이 고문 도구는 드래곤 상점에서 지하 감옥을 샀을 때 서비스로 받은 것이다.

[C] 슬라임 고문 도구

슬라임 형태의 고문 도구. 육체적인 손상은 없으나 정신적인 대미지를 입힐 수 있다. 지하 감옥 특별 한정판 패키지로, 여러 가지 특수한 성분이 함유된 점액을 지니고 있다. 보통은 통에 담아놓고 사용하지만 함정으로 설치해 사용할 수도 있다.

이 고문 도구를 이용하게 되면 감옥 수위가 올라간다. 남성체보다 여성체에게 효과가 큰 편이다. 기본적으로 슬라임은 남성을 싫어한다.

*정신 공격이 성공할 경우 호감도 10이 상승한다.

*육체 공격이 성공할 경우 복종도 10이 상승한다.

─정신 공격이 실패할 경우 절망도 20이 상승한다.

─육체 공격이 실패할 경우 음란도 20이 상승한다.

취급 주의!

1. 레벨 150 이상의 포로에게 사용할 것.

2. 부작용은 책임지지 않습니다.

3. 개봉 후 상품은 교환해 드리지 않습니다.

4. 지하 감옥에 회복실이 없다면 치명적인 결과가 나타날 수 있습니다.

정보를 보고 잠시 할 말을 잃은 신성이다.

해골병사가 통을 따자 보글보글 거품이 일어나는 액체가 보인다. 어쨌든 독약과도 같은 비주얼이니 위협용으로는 충분히 쓸 만할 것 같았다.

고문 도구가 눈앞에 보이자 그녀는 오히려 침착해졌다.

그녀에게 있어서 최대의 고문은 신성이 자신을 바라보는 것. 그리고 달콤한 말을 속삭여 주는 것이었다.

그가 바라볼 때마다 몸이 움찔움찔 떨려서 어찌할 바를 몰랐고, 목소리가 들릴 때는 이성이 날아가기 일보 직전이었다. 그녀가 이성을 잡고 있는 것은 그녀가 속한 영지 때문이었다.

"소론도 백작과 무슨 관계인가요?"

"소론노 백작? 마족인가?"

적대 관계에 있는 소론도 백작과 관련된 사람이 아니라는 것을 알게 되자 그녀는 이성의 끈을 놓았다. 그러자 포로임에도 불구하고 마음이 편안해지면서 꼭 자신의 방 안에 있는 것 같은 느낌이 들었다.

[최초로 특별한 고문에 성공하였습니다. 칭호가 부여됩니다.]

[A] 매혹의 고문 집행관(레전드)

마족에게 육체적, 정신적 고통 없이 고문에 성공하여 얻은 칭호. 조건이 극악한 만큼 실질적으로 얻는 것이 불가능한 칭호이다.

*매력 +200

*소유한 포로의 복종도 20% 상승(마족)

*소유한 포로의 호감도 20% 상승(마족)

*고문 성공 확률 30% 상승(마족)

들어본 적도 없는 칭호가 떴다. 칭호 컬렉터들에 의해 99%에 이르는 칭호의 정보가 알려진 상태였다. 그러나 레전드 칭호 중에는 여전히 밝혀지지 않은 것이 있었는데 이것도 아마 그에 해당할 것이다.

아르케디아 온라인과는 어울리지 않는 칭호였고 정신적, 육체적 고통 없는 고문을 해야 한다는 조건이 있었다. 일반적인 방법으로는 절대 획득할 수 없는 내부 테스트용 칭호라고 생각되었다. 아르케디아 온라인에서 19금 콘텐츠가 있기는 하지만 이런 부분은 전혀 다루지 않았다.

'내가 뭔가를 했나?'

신성은 고문이 성공했다고 하자 의아함을 감출 수 없었다. 고문은 시작도 하지 않았기 때문이다.

매력 스탯이 200이나 올라 이제는 거의 최종 병기급 매력을 지니게 된 신성이다. 보유한 모든 스탯 중에서 매력이 제일 높으니 조금 서글퍼지기는 했다. 별로 노력을 하지 않아도 쑥쑥 올라갔기 때문이다.

[트리시의 호감도가 대폭 상승합니다.]

[트릭시의 복종도가 대폭 상승합니다.]

[트리시의 신분이 바뀝니다.]

*포로→매혹된 포로

[A] 매혹된 포로

드래곤의 매력에 매혹된 포로.

반항할 의지가 없으며 협조할 준비가 되어 있다. 인격석으로 대해줄수록 호감도, 복종도가 오른다. 호감도, 복종도가 최고치일 경우 아군으로 편입할 수 있다. 포로가 현 상황에 만족할 경우 드래곤 로드가 선물을 준다는 소문이 있다.

달콤한 말을 속삭여 주도록 하자.

*드래곤 로드의 조언

"드디어 마법 주문을 만들었다. 이것은 모든 마법과 마도 공학의 결정체이다. 시험 삼아 몇 번 사용했더니 마계에서는 극악의 마롱이라 칭하기 시작했다."

퀘스트가 떠올랐다.

드래곤 로드가 남긴 퀘스트였다. 포로의 만족도를 최대로 올리게 되면 얻게 되는 마법이 있었다.

　[A] 전송 브레스(드래곤 로드의 마법)
　본체 상태일 때 쓸 수 있는 브레스.
　브레스를 감당할 수 없는 자들이 브레스에 맞을 경우 지하 감옥으로 자동 전송된다. 지하 감옥의 수용 인원이 넘어갔을 경우에는 몬스터 코인 형태로 저장되어 보관된다. 브레스에 맞아 전송된 자들은 기본적으로 20% 이상의 호감도와 복종도를 지니게 된다.

　"……"

　브레스와 전송 마법, 그리고 지하 감옥의 마도 공학 기술을 섞은, 그야말로 마법의 정수라 부를 만했다. 저 정도의 노력으로 파괴 마법을 만들었다면 아마 엄청난 마법이 탄생했을 것이다.

　지하 감옥에서 포로를 코인화시켜서 동결시킬 수 있었는데 그 부분을 활용한다면 수용 인원을 아낄 수 있었다.

　트리시는 다소곳하게 앉아 있었다. 반항할 의사가 전혀 보이지 않아 신성이 당황할 정도였다. 신성이 한숨을 내쉬며 손을 휘젓자 해골병사가 슬라임 고문 도구를 가지고 물러났다.

　꼬르륵!

트리시의 배에서 소리가 났다. 잠깐의 침묵이 맴돌았다.

[트리시의 호감도가 10% 상승하였습니다.]
[트리시의 복종도가 10% 상승하였습니다.]

신성은 왜 호감도가 오르는지 이해할 수 없었다. 악신으로서의 위엄을 보이려던 신성은 맥이 빠져 버렸다.

피곤함이 몰려온 신성이다.

*   *   *

정보 조사 계획은 빠르게 이루어졌다. 정보국 국장인 김수정이 찾아와 포로 심문에 들어갔다. 신성은 김수정에게 맡기는 편이 정보를 뽑아내는 데 더 좋을 것으로 생각했다. 어쨌든 협조적인 태도를 보이니 그가 할 일은 사라졌다.

김수정은 신성에게 마족을 포획했다는 소문을 들었을 때 드디어 올 것이 왔다고 생각했다.

다소 과격한 수단도 생각하고 있었다. 정보국에서 일하기 시작하며 습득한 기술은 상당히 많았다. 그러나 세뇌실 옆에 마련되어 있는 심문실에 들어가서 직접 마족을 겪어보니 예상과는 달라 그녀는 당황하고 말았다.

처음에는 마족의 생김새가 기존 이미지와 달라서 당황한 것이고, 그다음은 의외로 협조적이라 당황하였다.

트리시도 당황했는데 김수정이 아르케디아에나 존재한다고 알려진 다크엘프였기 때문이다. 이곳이 마계가 아니라는 것을 알아차린 트리시의 표정이 굳어졌다.

한동안 침묵이 이어졌다.

'마스터께서 회유하신 건가?'

김수정은 신성이라면 그러고도 남는다고 생각하며 고개를 끄덕였다. 일단 협조적이었으니 김수정은 인벤토리에서 음식을 꺼내주었다. 음식으로 호감을 끌어낼 생각 따위는 전혀 없었다. 그저 협조적인 태도를 보이면 이렇게 대해줄 수 있다는 것을 보여주는 상징적인 것이었다.

김수정이 꺼내준 것은 단합 대회 때 구입한 햄버거였다. 세이프리의 햄버거 장인이 만든 것인데 전 세계적으로 명성을 얻어 뉴욕에 지점이 생긴다는 소문이 있었다.

김수정의 눈앞에 있는 마족 트리시는 자신에게 건넨 그것이 무엇인지 이해하지 못했다.

"음식이다. 조사가 길어질 테니 먹어두는 것이 좋아."

"음식?"

김수정이 포장을 풀자 햄버거가 모습을 드러냈다. 트리시의 눈이 크게 떠졌다. 맛있는 냄새가 심문실에 가득 퍼졌기 때문이다. 처음 맡아보는 냄새에 배에서 요동이 쳤다.

"이게 음식이라는 건가? 예술 작품으로 보이는데……."

"예술 작품? 마계에도 음식이 있지 않나?"

트리시가 고개를 끄덕였다.

"거대 지네의 고기, 말린 블랙 트롤의 생살이 내가 있던 곳의 대표 음식이다."

"조리법은?"

"조리법? 음식에 그런 것이 필요하나? 어리석군. 그런 것은 마왕들이나 할 법한 사치다."

"자세히 말해보도록."

트리시는 고개를 치켜들며 오만하게 말했다. 마왕이나 최고위 귀족 같은 경우에는 그러한 것들을 한다고 알려졌지만 그녀가 있던 곳에는 그런 문화가 없었다. 생살을 씹거나 불에 살짝 익혀 먹는 것이 대부분이었다. 하루하루가 전투였으니 그나마 조리를 하는 것은 육포였는데, 그것도 향신료 따위는 들어가지 않았다.

그마저도 서부 지역은 가난해서 전체적으로 기아에 시달리다 보니 음식이 무척이나 귀했다. 하루에 한 끼를 먹으면 잘 먹은 편에 속했다.

트리시가 말해준 정보를 들은 김수정은 고개를 끄덕였다. 아마 트리시의 눈에는 햄버거가 맛있는 냄새를 뿜어내는 보석처럼 보일 것이다. 김수정이 먹을 것을 권하자 잠시 망설이던 트리시가 햄버거를 들고 한 입 베어 물었다.

입에 들어간 순간 트리시의 동공이 커졌다. 그대로 굳어버려 한동안 움직이지 못했다. 그러다가 눈에서 눈물이 쏟아져 내리기 시작했다.

우물우물! 꿀꺽!

이내 트리시는 햄버거를 먹기 시작했다. 눈물을 흘리면서 정신없이 먹는 모습을 보니 김수정은 마음이 짠했다. 김수정은 인벤토리에서 콜라를 꺼내 그녀에게 건넸다.

꿀꺽꿀꺽!

"이, 이건? 마, 맛있어! 전설에 나오는 엘릭서인가!"

콜라와 햄버거를 먹은 것일 뿐인데도 힘이 솟구치는 모양이다. 차가운 인상이던 트리시의 얼굴에 행복한 미소가 떠올랐다. 그녀를 아는 마족이 그것을 보았다면 아마 경악을 금치 못했을 것이다. 할버트조차 그녀의 미소를 본 적이 몇 번 없었다. 햄버거를 다 먹자 그녀는 아쉽다는 듯 손가락에 묻은 양념을 핥았다.

자존심이 강해 보였는데 그런 기색은 사라졌다.

'전략적으로 쓸 수 있겠어.'

무력 침략보다 효과적일 수 있었다. 그동안 느끼지 못하던 것을 한 번이라도 알게 된다면 되돌릴 수 없었다. 저 정도의 반응이라면 분명 마약과도 같이 작용할 것이다. 싸우지도 않고 내부 분열을 일으킨다면 마계와의 싸움에서 우위를 점할 수 있을지도 몰랐다.

"…너는 매일 이런 것을 먹나?"

"이제는 질려서 먹지 않지."

"질린다고? 어떻게 그런……!"

트리시가 책상을 치며 일어나자 옆에 있던 해골병사가 그녀의 목에 검을 겨눴다.

"협조만 한다면 질리도록 먹게 해주겠다. 이곳에는 너 맛있는 것도 많아."

꿀꺽!

트리시가 침을 삼켰다.

어차피 그녀는 협조할 생각이었다. 포로로 잡힌 이상 자신의 목숨은 강자에게 있었다. 그것이 마족의 규칙이고 모두 숙명처럼 따르고 있었다.

게다가 그녀는 이미 신성에게 매료된 상태였다. 할버트에게 피해가 갈 것이 염려스러웠지만, 이곳은 마계가 아니고 아르케디아였다.

트리시는 신성을 떠올려 보았다. 생각하는 것만으로도 몸이 떨리고 전율이 일었다. 그런 남자에게 목숨을 맡기는 것은 어쩌면 축복인지도 모른다.

"그분에 대해 알려준다면… 모두 말하겠어."

"마음에 드는 태도로군."

김수정이 부드러운 미소를 지었다.

'김갑진 보좌관에게 보고해야겠어. 잘하면 마계에도 신전을 세울 수 있겠군.'

악신의 신도는 무척이나 많이 늘어나고 있었다.

일반인들도 믿기 시작해 지구에서도 암흑 신전이 탄생할 정도였다.

일반인들이 지은 신전에서 생산되는 암흑마력은 무척이나 적었지만 그래도 효과가 있다는 것이 입증되었다.

'악신을 믿으라. 그러면 너와 네 가족이 행복을 얻을 것이다.'

그런 문구가 떠올랐다.

전투 쪽으로는 아르케디아보다 발전했을지 몰라도 다른 쪽으로는 크게 떨어져 보였다.

악신의 이름으로 문화 침략을 시작한다면 효과가 대단할 것 같았다.

물론 정보를 더 분석해 봐야 할 것이다.

[마계의 정보가 입수되었습니다.]

[새로운 차원의 존재를 알아차렸습니다.]

[세이프리의 도시 랭크가 상승합니다.]

　그녀는 천천히 알고 있는 것들을 말하기 시작했다. 마계에
대한 정보가 세이프리로 들어오는 순간이었다.

CHAPTER 2

어비스를 향해서I

신루 아카데미.

치열한 경쟁을 뚫고 드디어 최종 인원이 선발되었다. 고등학교를 중퇴하고 라스베이거스에서 아버지를 따라 자동차 정비 일을 하고 있던 조나단이 후보생으로 뽑힌 것은 얼마 전이었다.

가난한 환경이었지만 꾸준히 기부도 하였고 주말에는 봉사 활동을 하는 등 그런 삶을 살고 있었다. 몬스터가 침략해 왔을 때 그는 싸우고 싶었다. 무고한 사람들이 죽거나 다치는 것을 보면 부족한 힘이나마 보태고 싶었다. 처음에는 미국을 생각했지만 지병이 있어 탈락했다.

라스베이거스 사태 이후 그는 부서진 잔해나 부상당한 노인들을 위해 자원봉사를 해왔다.

'그때 꿈에서 루나 님이 나타나셨지.'

라스베이거스를 구한 여신을 향해 기도한 것은 그때가 처음이었다. 사람들을 돕고 싶다고 간절히 기도했다.

그리고 얼마 후에 아름다운 여신이 나타나 신루로 가라고 말해주었다.

"교관님?"

"12번 후보생, 수고했다."

"가, 감사합니다."

빨간 모자를 쓴 엘프 교관이 조나단을 격려했다.

아직 아카데미 학생 신분은 아니었지만 조나단은 아카데미의 상징이라고 할 수 있는 세이프리 초보자 복장을 하고 있었다. 상당히 무거웠고 기운이 쭉쭉 빨리는 기묘한 느낌이었지만 몇 개월 동안 이어진 체력 훈련, 정신력 훈련을 통해 버텨낼 수 있을 정도가 되었다.

그동안 자신을 집요하게 괴롭힌 교관 엘리사가 입학식에 가는 자신을 찾아왔다는 것은 의외였다. 그녀는 아름다운 외모를 지니고 있었지만 후보생들 사이에서는 독사라 불렸다. 훈련에 따라오지 못하면 가차 없이 내쫓았고 조금이라도 반항하면 반죽음 상태로 만들었다.

특히 그녀가 주관한 전투 훈련은 지옥 그 자체였다. 수백 명이 뼈가 부러지는 중상을 입은 전설의 훈련이었다. 오천 명에 가깝던 후보생이 천 명 이하로 줄어든 것은 그 훈련 때문이었다.

교관모를 벗고 일상복을 입고 있는 엘리사는 아름다웠다. 지옥 훈련을 하며 봐온 모습이었지만 오늘은 특히 더 예뻤다.

조나단의 가슴이 두근거렸다.

"12번 후보생, 아니… 조나단."

"네!"

"입학식 끝나고 일정을 비워놓도록."

"네? 알겠습… 네?"

엘리사는 조나단에게 다가와 뺨에 키스하고는 사라졌다.

"아……."

조나단은 멍한 표정이 되어 한동안 움직일 수 없었다.

주변을 보니 커플이 가득했다. 여신 루나는 사랑을 적극적으로 권장하고 있으므로 이미 많은 커플이 탄생해 있었다.

'이, 일단 들어가자.'

조나단은 아카데미 본관으로 들어가 입학식에 참여했다.

동기들이 기뻐하며 서로의 이름을 불렀다. 조나단도 그 기쁨을 같이 나누었다. 입학식에는 후보생들의 가족도 와 있었는데 특별히 초대되어 신루에 출입할 수 있었다. 가족이라면 언제든지 면회 신청을 해서 신루로 들어올 수 있다고 한다.

성대한 입학식이 거행되었다. 특별 기자 자격으로 세계 각지에서 몰려온 취재진이 영광스러운 첫 번째 입학식을 사진에 담았다.

입학식의 백미는 반 선정이었다. 적성별로 구별되어 있었는데 배정에 따라 배울 수 있는 스킬이 있었다. 기사반, 마법사반, 신관반 등 여러 가지 반이 존재했다. 하지만 모든 입학생이 원하는 반은 엘리트만이 갈 수 있다는 어둠의 반이었다. 900명 중에서 선택받은 열 명 남짓한 인원만이 갈 수 있다고 교관들이 말해주었다.

어둠의 반에 들어가면 세이프리가 지원하는 고급 아이템을 받을 수 있고 특별 교관이 붙어 스킬을 지도해 준다고 한다. 졸업 후에는 세이프리의 고위직에서 일할 수 있다고 하니 엘리트 코스라고 말할 수 있었다.

라스베이거스의 시장조차 굽실거리는 자리라는 소문이 돌았다.

조나단의 차례가 되었다.

세이프리의 이인자인 김갑진이 직접 능력치를 보고 반을 배정했다. 김갑진의 존재감에 모든 후보생이 침을 꿀꺽 삼키며 몸을 떨었다.

조나단이 김갑진의 앞에 섰다. 김갑진이 조나단을 바라보자 빛무리가 감돌더니 조나단의 팔에 휘감겼다.

"모두 평균 이상의 스탯이군. 마법적 자질도 높아. 게다가… 음?"

김갑진이 조나단을 쳐다보자 조나단은 긴장했다.

"매력 스탯이 있군. 자네, 세이프리를 위해 무엇을 할 수 있나?"

"목숨을 바쳐 싸우겠습니다!"

"영혼도 바치도록."

"알겠습니다! 영광입니다!"

김갑진은 조나단의 말에 흡족한 미소를 지었다. 김갑진이 손을 뻗자 화려한 글자가 공중에 새겨졌다.

[어둠의 반]

"와아아아아!"

환호성이 터져 나왔다.

조나단, 그에게 출세의 길이 열린 것이다. 기자들은 그에 대한 이야기를 기사로 옮기기에 바빴다.

* * *

세상은 변했다. 이제는 그 이전의 세계가 어땠는지 희미해질 정도로 세상은 큰 변화를 맞이했다. 마석은 끊임없이 나타났지만 첫 번째 마석과 같은 위기는 없었다. 세이프리에서 신루로 이어지는 레벨 업 라인은 아르케디아인들의 평균 레벨을 대폭 상승시켜 놓았기에 마석의 몬스터는 큰 위협이 아니었다.

특히 놀랄 만한 성장은 역시 세이프리였다. 기존 초보자들은 이제 초보 티를 벗고 1차 전직을 모두 마치고 각성을 향해 달려가고 있었다. 게다가 앞으로 초보자들이 계속 생겨날 예정이니 어느 대도시보다 큰 발전 가능성을 지녔다.

다른 대도시 같은 경우에는 그곳의 주민들, 아르케디아인들이 결혼해서 출산을 하여 인구를 늘려야 했다. 그러나 당장 전력이 되기에는 힘들었다. 적어도 15년 이상은 기다려야 할 것이다. 그것에 비해 세이프리는 즉각적인 전력을 매달 확보할 수 있었다.

마계 침략 계획은 계속해서 발전되고 있었다.

에루의 뛰어난 던전 제작 능력으로 던전은 나날이 업데이트되었다. 파견의 보석 역시 꾸준히 만들어 벌써 마계에 네 개째 보내고 있었다. 처음 보낸 소형 던전과는 다르게 신경을 좀 써서 중형이라 부를 수 있는 던전까지 배치해 놓았다. 오픈 필드를 생성할 수 있는 대형 이상의 던전은 지금 제작하는 것이 무리였다. 그러나 어비스의 풍부한 자원을 채취할 수 있다면 충분히 제작할 수 있을 것이다.

어비스는 기회의 땅이었다.

사막 오크들이 있던 곳도 어비스였다. 그 사막에서도 막대한 황금을 얻었으니 어비스 전체가 가지고 있는 가능성은 무궁무진하다고 볼 수 있었다.

던전에서 나오는 모든 자원이 어비스에 존재했고, 그 외에 상상조차 할 수 없는 막대한 것들이 숨겨져 있었다.

성향의 영향을 덜 받는 어비스는 강자만이 살아남을 수 있는 곳이기도 했다.

아무튼 현재 최초의 던전을 파견한 곳 주변으로 필드 침식이 일어나고 있었다. 아르케디아와 같은 환경으로 변하며 마계의 힘을 약하게 만들고 있는 것이다. 던전이 정복당하거나 파괴당할 때도 있었지만 이득이 더 많았다.

세이프리에서만 판매되는 마계의 장비들은 기존 장비와는 다른 독특한 매력을 지니고 있었기 때문이다. 페널티의 존재와 그것을 감수할 만한 특수 능력이다.

'지하 감옥의 수용 인원도 늘렸고… 협조적인 마족들을 일꾼으로 돌려놨으니 한동안은 괜찮겠지.'

트리시와는 달리 반항적인 마족도 있었는데 슬라임 고문 도구가 그 힘을 발휘하는 중이다.

슬라임 고문 도구를 열어놓으면 다음 날 무척이나 고분고

분해져 있는 마족을 볼 수 있었다.

신성은 트리시를 간수장으로 임명했다.

복종도가 100%에 이르자 아군으로 영입할 수 있었는데 현재는 에루의 밑에서 포획되어 온 마족들을 다루고 있었다. 재미있는 점은 마계에서 트리시의 적이던 마족들이 계속해서 포획되어 온다는 점이다.

여러 가지 고문 도구가 지하 감옥에 생기는 것은 순식간이었다.

드래곤 창고에는 마계의 물품들이 차오르고 있었다. 신성은 세이프리 상점에 저주받은 무기 시리즈를 출시했는데 반응이 무척이나 좋았다. 특히 사용하면 성별이나 스탯이 랜덤하게 바뀌는 저주가 걸린 무기는 엄청난 가격에 팔려 신성을 즐겁게 만들어주었다.

아르케넷의 반응 역시 뜨거웠다.

[투데이 베스트 2위 게시물]

좋아요 : 8,333(유용한 정보! GOOD!)

싫어요 : 2,222(너무 못생겼어요!)

자랑 게시판 : 3,124,127번

조회 수 : 61,244

작성자 : 레존드

제목 : 저주받은 도검, 장난 아님.

매일 몬스터로 변함. ㅋㅋㅋ. 어제는 트롤로 변했음. 재생력 끝판왕 인증함. 내 친구는 슬라임으로 변했는데, ㅋㅋㅋ. 노답. ㅋㅋㅋㅋ.

(사진 첨부)

칭호 모으기에는 좋은 듯. 벌써 레어 칭호 세 개째다. 어렵게 몬스터 잡아서 칭호 모을 필요 없음.

RE : [충격 받은]로론 : 헐! ㅋㅋ, 개못생김. 미친······.

RE : [신루 찬양자]아온 : 너 잡으면 아이템 주냐?

RE : RE : [트롤]레존드 : 부활석 있는 데서 해봤는데 주긴 힘. ㅋㅋㅋㅋ, 트롤 피 2KC이긴 한데 근데 할 짓이 못 됨. 루나교 신관한테 겁나 깨짐. 부활석 악용 벌금 나옴······.

[102개의 댓글]

트롤로 변한 모습은 확실히 못생겼다. 신성이 얼굴을 찌푸릴 정도였다. 신성은 투데이 베스트 1위 게시 글을 바라보았다. 그냥 넘어가려고 했는데 자신과 관련된 이야기였다.

[투데이 베스트 1위 게시물]

좋아요 : 12,333(퍼펙트해요!)

싫어요 : 222(부러워요.)

공략 게시판 : 94,127번

작성자 : 도도동

제목 : 완벽한 투샷

신루에 렙업하러 갔다가 우연히 찍었습니다. 중형 비공정의 박력에 놀라서 사진 모드 켰는데 이런 멋진 장면이……. 루나 님과 신성 님은 역시 뭔가 핑크빛 분위기가 있는 것 같아요. 개인적으로 신루 커플 지지합니다. 문제가 될 시에 삭제하겠습니다.

(사진 첨부)

RE : [팬]레오온 : 와, 화보네.

RE : [광신도]김순지 : 이것은 진리! 지지합니다.

RE : [내조의 여신]루나 : 퍼가요~!

RE : RE : [투데이 1위]도도동 : 엌! 루나 님, ㅋㅋㅋㅋ.

RE : RE : RE : [내조의 여신]루나 : 축복받으세요!

[1,402개의 댓글]

신루에서 출발하는 중형 비공정 앞에서 찍은 사진이었다. 엘브라스로 향하는 신성을 루나가 마중 나왔는데 신성이 루나의 뺨을 손으로 다정하게 감싸고 있었다.

'밥풀이 묻어 있어서 떼어준 건데.'

예정 시간보다 늦어서 식사를 빠르게 마치고 달려온 신성이다. 밥풀이 묻은 모습을 찍히는 것보다는 낫겠지 하며 신성은 피식 웃고는 아르케넷을 껐다.

신성은 현재 중형 비공정을 타고 엘브라스로 향하고 있었다. 엘브라스에 방문하는 목적은 명확했다. 세계수를 설치하고 종족 특성 스킬을 배우기 위해서였다. 하이엘프만이 기거한다는 엘브라스 궁전에 들어간다면 하이엘프의 종족 스킬을 배울 수 있었다. 이미 엘브라스와 합의된 일이다.

신성을 수행하는 인물은 김수정이었다. 김수정과 그녀의 정보국 부하들이 신성을 호위했다.

김수정은 부하들의 보고를 받고 있었는데 신성에게 다가와 입을 떼었다.

"에르소나의 토벌대가 어비스 입구에 있는 차원의 문지기를 발견한 모양입니다. 예상대로 130레벨의 대형 몬스터입니다."

"숲의 중앙까지 벌써 들어간 건가? 생각보다 빠르군."

"네, 현재 그곳에 도달한 것은 그녀의 부대가 유일하다고 합니다. 지금은 일단 마물의 숲에서 나와 재정비하는 중이라는데 곧 다시 들어가겠지요."

신성은 고개를 끄덕였다. 엘브라스의 평균 레벨도 꽤 올라 어비스에서 좋은 활약이 기대되었다. 신성은 어비스로 가자마자 악신의 성을 세우고 그곳을 중심으로 마계 침략을 위한 기반을 다질 생각이다.

"엘브라스가 꽤 이득을 얻겠네요."

"그렇겠지. 하지만 가장 좋은 걸 넘겨줄 수는 없어."

"하지만 현재 세이프리의 주민들로는 토벌대를 구성하기에 힘듭니다. 평균 레벨은 압도적이지만 고레벨이 부족합니다. 시간적인 여유도 없고요. 게다가 지금까지 마물의 숲 토벌의 기여도가 낮아 좋은 보상을 얻기 힘들 겁니다."

신성의 입가에 사악한 미소가 걸렸다. 어차피 마물의 숲에서 나오는 보상은 세이프리와 신루를 운영하면서 얻는 이득으로 대체되었다.

그러나 단 하나, 대체가 안 되는 것이 있었다.

"다른 건 다 필요 없고 특전 보상만 얻으면 돼. 다른 보상은 상관없어."

"그 말씀은……?"

"막타. 특전 보상은 막타로 결정되지. 보스 몬스터를 상대하며 막타만 노리자고."

새로운 차원으로 가는 문을 발견하는 업적이다. 그것에 대한 보상은 대단했다. 차원의 문을 지키고 있는 몬스터를 처치하면 차원의 핵이라는 재료 아이템을 주었는데 그것으로 무기와 방어구를 만들어도 좋았지만 누구도 그렇게 쓰지는 않을 것이다.

차원의 핵에는 어비스의 영지 일부를 얻을 수 있는 권능이 있기 때문이다. 차원의 핵 없이도 어비스의 영지를 획득하는 것은 가능했지만 여러모로 조건이 많았다.

　에르소나 역시 알고 있었다. 아르케넷에서 평가하는 에르소나는 2인자였다. 아르케디아 온라인 때는 마신에 밀렸고 지금은 확고한 위치를 자랑하고 있는 세이프리의 수호룡 신성과의 격차가 대단히 크게 나고 있었다.

　드래곤과 하이엘프라는 태생적 한계는 극복하지 못하겠지만 어비스는 기회의 땅이다. 엘브라스가 세이프리를 넘어설 수 있는 계기가 생길 수 있는 곳이다. 차원의 핵을 독점한다면 신성과 같은 방식으로 어비스에서 많은 이득을 취할 수 있을 것이다.

　물론 넘겨줄 생각이 없어서 에르소나의 곁에 스파이를 심어놓았다. 맵핑은 에르소나가 다해줬으니 그 뒤만 쫓아가서 막타만 쳐넣으면 되었다.

　신성의 계획을 들은 김수정은 고개를 끄덕이며 역시 악신이라고 칭해주었다. 존경스러운 눈빛으로 신성을 바라보았다. 이런 노골적인 계획은 성향이 감소할 여지가 충분했지만 안타깝게도 신성은 성향으로부터 자유로운 유일한 존재였다.

　'오랜만인데.'

　토벌 보상은 기여도에 따라 모두가 가질 수 있겠지만, 특전 보상은 막타를 넣어 몬스터를 마무리한 자만이 가질 수 있는 특권이었다. 신성은 과거에 적 길드의 사냥을 방해할 때 막타

스틸을 많이 했다. 길드 단위로 3일 동안 어렵게 잡고 있는 보스 몬스터에게 막타를 꽂아 넣는 쾌감은 대단했다.

적에게는 큰 손실, 본인에게는 좋은 아이템을 소유하는 이득을 얻을 수 있으니 효율도 좋았다.

신성은 과거 막타의 신이라는 칭호를 얻은 적이 있다. 대형 길드의 사냥을 방해하는 방법으로 막타가 최고의 효율을 보여주었기에 자주 이용해서 얻은 칭호이다.

애초부터 몬스터에 대한 소유권은 없었다. 누가 잡든 간에 잡으면 되는 것이다.

'차원의 문지기는 상당히 강한 편인데 에르소나라도 고전하겠지.'

신성이라면 일대일로 상대할 수 있겠지만 에르소나는 아니었다. 어차피 다른 보상은 에르소나가 모두 독식할 것이니 그 정도는 양보해 줘도 큰 손해는 아닐 것이다.

아무튼 중형 비공정은 하늘을 가르며 엘브라스로 향했다.

중형 비공정은 굉장히 컸다. 편의 시설도 잘되어 있어서 고급 호텔 같은 느낌이 날 정도였다. 수영장까지 딸려 있었는데 이곳에서 살아도 무방할 정도로 괜찮았다. 소형 비공정과 비교하면 하늘과 땅 차이었다.

첫 번째 시험 운항이었는데 엘브라스의 상공까지 무난하게 도착할 수 있었다. 사르키오가 직접 키운 비공정 조종사들은 잔뜩 굳어 있었지만 말이다. 소형 비공정에 비하면 조종하기 쉬운 편이었고, 비공정 조종사들에 대한 대우를 좋게 해주었기에 많은 이들이 배우는 추세였다.

"엘브라스가 보이네요."

"아르케디아 온라인일 때보다 규모가 더 커졌군."

"엘프와 다크엘프들이 지속해서 영토 확장 중입니다. 그들도 발전하는 거겠지요."

대형 비공정이 엘브라스 근처에 착륙하기 시작했다. 대형 비공정이 내려오는 모습을 찍으려는 많은 취새진이 몰려와 있었다. 그러나 엘브라스 근처로는 다가오지 않았다. 그들도 엘브라스가 인간들에게 호의적이지 않다는 것을 잘 알고 있었다. 그나마 최근에 이루어진 작은 교류를 통해 서로의 관계에 일말의 진보가 있었을이다. 그것도 단합 대회의 결과물이다.

하이엘프들은 여전히 타 종족, 특히 휴먼족에 대해 거부감을 나타내고 있었다. 진실의 눈은 그만큼 휴먼족의 많은 것을 보여주었기 때문이다. 그들은 휴먼족의 어두운 부분 때문에 밝은 부분을 제대로 보지 못했다.

'마중 나와 있군.'

엘프들은 마석 토벌이나 다른 특별한 일이 없다면 엘브라스 밖으로 잘 나오지 않는 편이었는데 신성을 기다리고 있는 엘프들이 보였다. 엘레나의 특별 지시로 나온 것 같았다.

비공정이 착륙하자 비공정 출입구로 엘프들이 도열했다. 하이엘프로 이루어진 정규 기사단이었다.

신성은 세이프리에서는 익숙한 휴먼족으로 있었지만 지금은 엘프로 변한 상태였다. 하이엘프의 종족 특성 스킬을 익히기 위해서는 엘프가 되어야 했다. 익힌 다음은 어떤 종족으로 변하든지 자유롭게 쓸 수 있었다.

"마스터, 루나 님이 조심하라고 말씀하셨습니다."

"조심?"

"…엘프들의 집착은 대단한 편입니다. 그래서 그들이 종족을 유지할 수 있었지요."

신성도 아르케디아 온라인의 설정에서 그런 것을 본 적이 있다. 신성은 피식 웃어넘기면서 비공정에서 내렸다. 비공정은 엘브라스에서 정비를 한 후에 본격적으로 무역에 투입될 것이다.

'별일 없겠지.'

신성은 다가온 하이엘프들을 바라보았다.

여성 하이엘프로 이루어져 있는 여왕의 직속 기사단이었다. 기사단원들은 신성의 모습을 보자마자 그대로 굳어버렸다.

특히 가장 앞에 있던 엘브라스 기사단장은 들고 있던 꽃다발을 바닥에 떨어뜨렸는데 그것조차 눈치를 못 채고 있었다.

신성이 숲 쪽을 바라보았다. 숲에서 많은 기척이 느껴졌기 때문이다. 숲에서 무언가 떨어져 내리는 소리가 들리자 고개를 갸웃한 신성이다.

신성은 기사단장에게 다가갔다. 기사단장은 신성이 가까이 다가오자 다리에 힘이 풀렸는지 그대로 주저앉았다. 신성은 바닥에 떨어진 꽃다발을 들고 기사단장에게 손을 뻗었다.

늘 차가운 표정이던 기사단장의 얼굴에 홍조가 떠올라 있다. 기사단장은 신성의 손을 살며시 붙잡으며 일어났다.

"에, 엘브라스에 오신 것을 환영합니다!"

신성의 뒤에 있던 김수정은 생각보다 더한 반응에 고개를 끄덕였다. 함락의 권능은 은연중에 주변을 지배하고 있었다.

*   *   *

세이프리와 엘브라스는 동맹 관계가 아니었다. 그저 협조 관계일 뿐이니 언제든 돌발 상황이 발생할 수 있었다. 그래서 정보국의 호위 요원들은 바짝 긴장하며 호위를 준비했다. 그들도 신성이 강한 것을 알고 있었지만 신성에게 돌발 상황이 발상한다는 것 자체를 용납할 수 없었다.

그들은 신성이 베푼 혜택을 받고 정보국 요원으로 뽑힌 이들이었고, 지금도 가족과 세이프리를 위해 목숨을 바쳐야겠다고 생각하고 있었다.

정보국 국장인 김수정이 따로 준비할 필요는 없고 그저 다가오는 여성 엘프만 막으라고 했을 때는 그 말을 도저히 이해할 수 없었다. 그러나 지금은 이해가 되었다.

"물러나라!"

오히려 하이엘프들이 주변을 가득 채우고 있는 엘프들을 뒤로 물리기 위해 노력하고 있었다. 마치 그들이 신성의 호위 기사가 된 것 같은 모습이다. 그 오만하고 도도하다고 알려진 하이엘프가 저런 적극적인 행동을 보이는 것은 참으로 의외였다.

엘프들도 그러했다.

마치 할리우드 스타가 공항을 방문한 것 같은 풍경이다. 엘프들은 이성적인 판단과 행동을 한다고 알려져 있었지만 지금의 상황은 전혀 아니었다. 하이엘프들도 은근히 신성에게 가까이 다가와서 관심을 표현하고 있었다.

신성 역시 당황하기는 마찬가지였다. 그저 조용히 세계수만 심고 종족 특성을 배울 생각이었다. 엘프들이 자신에게 이토록 관심이 있을 것이라고는 생각하지 않았다.

'많긴 많군.'

거대한 나무 위에 앉아서 자신에게 손을 흔드는 엘프들이 보였다. 나무 기둥 뒤에 숨어 있거나 수풀 사이에서 몸을 낮

추며 마치 고양이처럼 주시하고 있었다. 엘프들은 남성보다 여성의 인구가 많았는데 남성 엘프들은 신성을 보면서 고개를 끄덕이면서도 깊은 한숨을 내쉬고 있었다.

엘프들이 한 번 무언가에 끌리게 되면 오랜 시간 동안 계속되니 남성 엘프들이 걱정할 만 했다.

신성이 손을 흔들어주자 나무에서 떨어지거나 그대로 실신하는 이들도 생겼다. 어쨌든 조금은 색다른 기분이었다. 드래곤 로드의 힘 때문인 것은 분명했지만 인기가 있다는 것은 나쁜 기분은 아니었다.

'확실히… 내 매력 수치가 답이 없긴 하지.'

드래곤이 되고 그동안 모은 칭호, 그리고 악신 랭크가 오르면서 얻은 매력 수치는 A+의 끝에 달해 있었다. S-랭크로 넘어가게 된다면 아마 이보다 더 심각한 상황에 봉착할 수도 있었다. 그러나 드래곤답게 이용할 건 이용하는 것도 나쁘지 않았다.

신성은 시험해 볼 요량으로 기사단장을 바라보았다.

신성의 머릿속에 김수정이 알려준 정보가 있었다.

엘레나의 최측근인 그녀는 엘레나에게 에르소나를 이어 가장 많은 신뢰를 받는 이였다. 왕실의 수비를 책임지고 있고 엘브라스 정예 엘프 양성에도 힘을 쓰고 있는 유능한 귀족 엘프였다.

그러나 하이엘프가 그렇듯 차가운 성격을 지니고 있다고 하는데 신성은 세이프리의 엘프들과 별로 다른 바를 느끼지 못했다.

"이쪽입니다. 조금만 더 가시면 엘브라스 왕궁입니다."

"고마워."

"아, 아닙니다. 다, 당연히 해야 할 일을……."

"역시 엘브라스의 기사답군."

"감사합니다. 영광입니다."

신성의 옆에서 직접 호위를 하고 있는 기사단장이 수줍게 대답했다. 신성의 부드러운 어조에 기사단장은 황홀한 표정이다. 거기에 미소가 더해지니 신성의 칭찬은 강력한 효력을 발휘했다.

[엘브라스 왕실 기사단장 린엘의 호감도가 12% 상승합니다.]

[린엘의 명성이 상승합니다.]

*호칭 추가!

*[드래곤에게 칭찬받은] 린엘

[엘프들이 린엘을 질투합니다.]

[기사단의 사기가 떨어집니다.]

드래곤의 눈으로 정보가 표시되었다. 신성은 고개를 끄덕이며 린엘을 따라갔다.

숲은 아름다웠다. 드래곤 레어에 숲이 있다고는 하지만 엘브라스에 비할 바는 아니었다. 나무는 빌딩처럼 크고 높았다. 그런 나무들은 모두 청량한 기운을 품고 있었고 숲 전체에 빼곡하게 들어서 있었다.

드래곤의 눈으로 숲을 바라보니 신비스러운 빛이 뿜어져 나오는 것이 보였다. 최근 한강에서 발견된 종류의 기운이었는데 한강보다 몇 배는 더 진했다.

신성은 그것이 정령의 기운임을 알아차렸다. 정령의 기운이 뭉쳐서 하급 정령을 탄생시키고 엘프들과 계약하여 성장하는 것이었다.

신성이 등장하자 정령의 기운이 모두 흩어졌다. 반짝이는 숲이 고요해지자 모두가 웅성거렸다.

약한 정령의 기운은 드래곤의 존재감을 감당하기에 역부족이었다. 이름 없는 하급 정령들은 감히 쳐기어지도 못하고 그대로 도망갔다.

신성의 곁에 있으려면 적어도 상급 정령 이상은 되어야 했다. 상급 정령은 하이엘프 정도 되어야 계약을 할 수 있으니 일반 엘프들에게는 선망의 대상과도 같았다.

시끄럽게 재잘거리던 정령들이 사라지자 하이엘프들이 놀

란 표정을 지었다. 엘브라스에서 가장 순수한 혈통을 타고난 여왕조차도 이렇게 정령 자체를 물릴 수는 없었다. 그것은 동등한 계약 관계이기 때문이다.

그것도 잠시, 왕궁이 나타나자 기사들은 다시 표정을 정리했다.

"멋지군."

"수천 년을 버텨온 왕궁입니다. 엘브라스의 자랑이지요."

린엘의 말에서 자부심이 넘쳐났다.

그녀가 이렇듯 자신 있게 말할 수 있을 정도로 왕궁은 아름다웠다. 정령들이 하늘에서 춤을 추었고 나무들이 그 춤에 맞춰 흔들렸다.

하늘에 닿을 듯 뻗어 있는 하얀 절벽의 중앙에 고고하게 자리 잡고 있었는데 은은한 빛을 뿜어내고 있었다. 루나의 빛만큼은 아니지만 그대로 따스한 빛이었다.

'저것이 숲 전체에 기운을 공급해 주는 것이군.'

정령의 기운과 농후한 마력의 원인을 찾을 수 있었다. 마음 같아서는 저걸 통째로 뜯어내 세이프리에 가져가고 싶었지만 그렇게 한다면 엘브라스와 전쟁이 벌어질 것이다. 신성이 린엘의 안내를 받으며 왕궁으로 향하자 따라오던 엘프들의 한숨 소리가 들렸다. 왕궁의 출입은 하이엘프나 특별히 선택받은 엘프만이 가능했다.

물론 신성과 김수정, 그리고 호위들은 특별한 자격으로 입장이 허락되었다. 휴먼족은 절대로 들어올 수 없는 성역과도 같은 곳이었다.

정보국 요원들도 감탄하며 주변을 둘러보았다. 숲으로부터 왕궁까지 아름다운 백색의 다리가 놓여 있었는데 나무들이 휘감아 지탱하고 있었다. 그 밑으로는 푸른빛을 내는 호수가 흘렀다.

거대한 물고기가 떼를 지어 이동하고 있어 시선을 끌었다. 마력을 머금은 물고기들은 대단히 맛있는 편이었다. 마력 자체가 나쁜 성분을 없애주기도 하고 기생충 같은 것들이 살 수 없게 만들어주었다.

회로 먹어도 일품이었다. 빅 베어가 얼음 호수에서 물고기를 잡아오면 루나가 요리했는데 상당히 맛있어 생각만으로도 군침이 돌았다.

"매운탕을 해먹으면 맛있겠군."

"아마… 여기서 그랬다가는 엘프들이 기절할 겁니다. 아르케디아인은 이해를 하더라도 본래 이곳의 주민들은 그러지 못하겠지요."

신성의 말에 김수정이 살짝 웃으며 대답했다. 평생을 엘브라스에서 살아온 이들이다. 그들의 사고방식은 폐쇄적일 것이다.

다리를 건너가자 화려한 복장을 하고 있는 하이엘프들이 보였다. 가장 중앙에는 엘레나가 서 있고 그 뒤로 고위 귀족들이 서 있었다. 모두 선남선녀들이었는데 나이가 많은 자는 보이지 않았다.

엘프들은 휴먼족이나 다른 종족과는 다르게 평생 젊은 모습을 유지하고 살다가 죽을 때가 되면 한순간에 흙이 되어 사라졌다.

아르케넷에서는 그것이 축복이라며 부러워하는 자들도 있었지만 정작 엘프로 변한 이들은 그렇게 느끼지 않는 모양이다. 가족들은 세월이 흐르면 늙어가지만 그들은 그렇지 않기 때문이다.

신성은 잠시 딴생각을 하고 있었는데, 엘레나와 귀족들의 반응 또한 다른 엘프들보다 못하지 않았다. 엘레나는 신성에게서 시선을 떼지 못하고 입을 떡 벌리고 있었다. 엘프로 변한 신성을 처음 보는 것이다.

용혈의 엘프는 그야말로 충격을 받았다. 그것은 하이엘프가 지닌 세계관을 박살 낼 정도로 대단했다.

그들이 원하던 모든 이상형이 전부 다 담겨 있었다. 아니, 그 이상이었다.

황금을 짜놓은 것 같은 머리카락, 숲을 담아내고 있는 초록 눈동자, 그리고 하이엘프들과는 감히 비교할 수 없을 정도로 아름다운 모습은 압도적이었다.

감히 쳐다보는 것 자체로도 죄스러운 마음이 들 정도였다. 가만히 있는 것만으로도 기품이 넘치고 스스로 빛을 발하는 아우라가 있었다.

귀족들은 순혈의 하이엘프로서 자부심을 느끼고 있던 자신들이 부끄러워졌다.

무엇이 그리 잘나 자신을 고귀하다고 생각했단 말인가.

부끄러움을 느낀 순간 한순간에 머릿속이 하얗게 변하며 깨달음이 밀려왔다.

천 년을 넘게 사는 엘프들이 지식과 경험을 쌓으면서도 발전하지 못한 것은 좁은 시야 때문이었다. 교만과 아집으로 두꺼워진 벽에 구멍이 생기는 순간 깨달음의 물이 흘러나오더니 순식간에 벽을 깨버린 것이다.

하이엘프들이 털썩 주저앉았다. 아름다운 옷이 망가지는 것도 신경 쓰지 못했다.

'나는 얼마나 하찮은 존재인가?'

'아아, 내 존재가 몬스터와도 같구나.'

'오만했다. 그리고 교만했어.'

'참으로 어리석구나! 내가 나를 타락시켰다니……'

엘프들은 부끄러움에 고개를 숙이며 자신을 한탄했다.

그것은 엘레나도 마찬가지였다. 그녀 역시 왕족으로서의 자부심이 있었고 휴먼족이나 다른 종족을 낮게 본 것이 사실이다.

엘레나와 귀족들이 스스로를 자책하는 순간이다. 대숲 엘브라스가 흔들렸다. 숲에서 녹색 기둥이 치솟으며 막대한 정령의 기운이 곳곳으로 퍼져나갔다.

"에, 엘브라스가……!"

"숲이 의지를 일으켰다!"

"이, 이건 기적이야!"

엘프 귀족들이 눈물을 글썽이며 외쳤다. 엘레나는 존경을 가득 담은 눈으로 신성을 바라보았다. 그전까지는 개인적인 호감이었다면 지금은 그것을 초월한 존경과 애정이 담겨 있었다.

신성은 선망의 대상이 되어버렸다.

[엘브라스의 여왕, 그리고 하이엘프 귀족들에게 깨달음을 주었습니다.]

[엘브라스가 오랜 잠에서 깨어났습니다.]

[엘브라스가 두 단계 발전합니다.]

[최초로 엘프들에게 가르침을 준 빛의 은인이 되었습니다.]

[A] 빛의 은인

그대가 오만한 엘프들에게 가르침을 주어 엘브라스가 축복을 내려주었다. 하이엘프들의 아집과 교만함은 숲의 발전을 방해하고 숲의 생기를 잃게 하였는데, 하이엘프들이 반성하여 엘브라스에 생기를 불어넣어 주게 되었다.

엘브라스는 그대의 아름다움과 지혜로움에 감탄하여 최고의 권한을 주었다.

빛의 은인은 언제든 엘브라스의 출입이 가능하며 왕실 깊은 곳까지 들어갈 수 있는 권한이 있다. 그곳은 엘프 여왕에게도 허락되지 않은 곳으로, 엘브리스가 처음 세상에 나타난 그 날부터 비밀에 싸여 있다.

그곳은 오로지 엘브라스가 인정한 특별한 존재, 고귀한 종족만이 들어갈 수 있다.

특별 퀘스트 발생!
[A+] 숲의 인도를 따라가라!
엘브라스가 수천 년 만에 의지를 일으켜 축복을 내려주었다.
엘브라스가 수천 년 동안 간직하고 있던 비밀을 풀어보자!
보상 : ???

순식간에 일어난 일에 신성은 당황했다. 엘브라스의 곳곳에서 엘프들의 환호성이 들려왔다.

"뭔가… 하셨습니까?"

"아니, 아무것도."

"그, 그렇군요."

김수정 역시 신성과 같이 당황해하고 있었다.

신성에게 이번 방문은 가벼운 여행과 비슷했다.

세계수를 전해주고 하이엘프의 종족 특성을 받아서 바로 에르소나가 있는 마물의 숲으로 갈 생각이었다. 세계수가 엘브라스에 성장한다면 신루와도 이어지기에 바로 이동할 수 있었다.

그런데 생각보다 일이 이상하게 돌아가고 있었다. 신성이 아무것도 하지 않았음에도 말이다. 신성이 한 일이라고는 기사단장을 칭찬해 주고 이곳까지 걸어온 것밖에 없었다.

"저, 저희가 모실게요!"

정신을 차린 엘레나가 허겁지겁 귀족 엘프들에게 무언가를 지시하자 귀족 엘프들이 일사불란하게 움직였다. 남녀 할 것 없이 반짝이는 눈동자로 신성을 바라보고 있었다.

그들의 눈동자에는 호의가 가득했다. 에르소나조차 엘프 귀족들의 마음을 돌리는 데 많은 시간이 걸렸는데 신성은 그냥 이곳에 온 것만으로도 그들의 존경을 받고 있었다.

'뭐, 좋은 게 좋은 거니까……'

특별 퀘스트도 생겼으니 조금 더 엘브라스에 머무는 것도 괜찮을 것 같았다. 에르소나가 차원의 문지기를 공략하는 시간은 꽤 길 테니 말이다.

'오히려 잘되었군.'

엘브라스의 랭크도 두 단계나 올려줬으니 막타 정도를 취해도 불만이 나오지 않을 것이 분명했다. 마음 놓고 막타를 섭취할 수 있게 되어 기분이 흡족해진 신성이다.

"그, 그간 자, 잘 지내셨나요?"

"음, 조금 바빴지."

"그… 세계수가 개통되면 자주 가도 될까요?"

엘레나가 신성을 올려다보며 물었다.

"에르소나에게 허락은 맡고 오도록 해."

"무, 물론이죠!"

엘레나와는 안면이 있으니 그럭저럭 편했다.

그녀가 엘프들의 여왕이라는 사실이 생각이 나지 않을 정도로 친근하게 느껴졌다.

엘프 여왕의 에스코트를 받으며 신성은 그 유명한 엘브라스의 왕궁으로 들어갔다.

*　　　　*　　　　*

왕궁은 화려했다. 엘브라스에서 나오는 보석들로 반짝였고,

고급스럽게 솟아 있는 나무들과 어울려 환상적인 분위기를 연출해 냈다.

신루의 황궁과는 다른 매력이 있었다. 신루의 황궁을 개조하여 신전을 만들고 있었는데 건설이 된다면 미국 전역에 영향을 미칠 수 있게 된다. 시민들의 기도를 루나가 직접 들어주고 지친 마음을 위로해 줄 것이다.

루나를 주신으로 만드는 계획은 김갑진의 주도하에 착실하게 진행 중이었다.

신성은 본래 왕궁에서 가볍게 담소를 나누고 세계수의 씨앗을 전해준 후 왕실 서고에 들어갈 생각이었다. 부활석과 세계수가 설치되었으니 딱히 더 협조를 위해 나눌 이야기도 없었기에 일정을 빠르게 끝마치려 한 것이다. 엘브라스 측에서도 그런 일정에 대해 동의했다.

신성이 드래곤이기는 하지만 귀족들은 드래곤을 그저 전설 속에 존재하는 신화 속 존재라고 생각하고 있기 때문이다. 세이프리를 얕보는 마음이 있었지만 신성을 보자마자 그런 생각이 다 깨져 버렸다.

지금은 신성에게 사과하며 성심을 다해 대접하고 있었다.

'많이도 몰려왔군. 하이엘프가 다 온 건가?'

귀족 중에서도 가장 피가 진한 엘프들이 신성의 주위로 몰려왔다. 루나보다는 못하지만 그래도 아름다운 미모의 여성들이 자신을 바라보고 있는 광경은 나쁜 기분이 아니었다. 그러나 남성 엘프들까지 흠모의 시선을 보내니 조금은 난감한 기분이 들었다.

신성에게 반감을 가졌더라도 신성에게서 풍기는 향기를 맡는다면 금세 반감이 사라지게 되고 주변에서 떠날 수 없게 되었다. 자연을 닮은 향기가 그 속에서 머물고 싶은 충동을 들게 한 것이다.

그것은 마치 엘브라스와도 같았디.

정신력이 강한 하이엘프도 이런 반응을 보이고 있는데 일반 엘프에게는 더 치명적일 것이다.

SSS단 가입률이 폭발적으로 늘고 있었다.

아르케넷은 온통 신성의 일로 시끄러웠다. 엘프들이 찍은 사진이 퍼지면서 계속 화제의 게시물로 올라가고 있었다. 누군가 인터넷상에도 올렸는데 그 결과가 엄청났다. 뉴스에서도 계속 보도되었고, 드래곤이라는 존재에 대해 알아보는 특집 프로도 계획을 앞당겨 방송되고 있었다.

물론 현재 신성은 모르는 일이었다.

엘프 귀족들은 바쁘게 움직여 최대한 성의를 다하는 모습을 보여주었다. 다급하게 준비한 환영회가 열렸다. 왕족의 경사가 있을 때만 쓰던 왕궁의 중앙 홀을 개방하였다.

엘프 시녀와 그녀들이 소환한 정령들이 빠르게 움직이며 거대한 테이블을 준비했는데, 엘브라스가 자랑하는 엘프주와 각종 과일이 줄지어 나왔다. 고기는 없었는데 과일이 워낙 맛있어 고기 생각은 나지 않았다.

세이프리에서 재배하고 있는 과일보다 훨씬 맛있었다.

진득한 마력이 담겨 있으니 일반인이 먹는다면 건강에도 좋은 작용을 할 것이다. 마력은 자연 치유 능력을 높여주니 질병을 극복할 수 있는 힘을 부여해 줄지도 몰랐다.

'좋은 사업 아이템인데……'

이 과일들은 엘브라스의 엘프들만이 먹을 수 있었다. 엘브라스에서 많은 과일이 생산되지만 외부에서는 볼 수 없었는데 반출이 허가되지 않았기 때문이다.

과일의 종류 자체는 세이프리에도 있었지만 랭크가 높았다. 과일이 랭크가 높으려면 양질의 환경과 보살핌이 필요했다. 씨앗을 가져간다고 해도 엘브라스가 아니면 이런 맛을 낼 수 없을 것이다.

그런 과일로 만든 엘프주는 가히 압권이었다. 한 번 먹으면 벗어날 수 없을 것 같은 중독성이 있었다.

세이프리나 신루, 그리고 다른 대도시나 소도시, 그리고 지구 각 나라에 이윤을 붙여 판매해도 좋을 것 같았다. 마침 중형 비공정도 있다.

엘레나는 신성의 곁에서 수줍은 미소를 짓고 있었다. 여왕인 그녀가 그런 행동을 보이는 것은 문제가 있을 수 있었지만 귀족들은 그녀의 행동에 아무도 간섭하지 않았다.

엘레나는 전보다 발언권이 강해진 상태였다. 엘프 귀족들이 엘레나가 한 말을 반대하며 신성의 대접을 소홀히 했기 때문이다. 여러모로 예기치 않게 많은 소동을 일으키고 왕권을 강화해 준 신성이다.

엘프 귀족들은 엘레나가 신성의 옆에 붙어서 재잘거리는 모습을 보고 고개를 끄덕였다.

'전하께서도 벌써 그럴 연세가 되었나.'

'흐음, 세이프리와 혼약으로 맺어진 관계가 된다면……'

'엘브라스의 은총이겠군.'

'2세는 분명 엄청난 재능을 지닌 엘프겠지. 아! 엘프의 앞날이 밝구나!'

신성은 하이엘프보다 더 위대한 엘프였다. 본래의 정체는 드래곤이었지만 그것이 오히려 더 좋을 수도 있었다.

전설에 따르면 드래곤의 피는 종족 특성을 강하게 만들어 주고 강력한 힘을 부여해 준다고 알려져 있었다. 단순한 전설이라 생각했지만 드래곤을 실제로 보니 전부 사실임을 실감했다. 드래곤의 혈통을 이은 자들에 대한 영웅담은 전설처럼 남아 있었다.

이런저런 생각은 실질적으로 실현할 수 없었지만 엘프 귀족들은 서로 토론하기 바빴다.

"과일은 얼마나 있지? 엘프주는?"

"과일은 숲에 널려 있고 엘프주는 창고에 꽤 많을 거예요."

"음, 혹시 무역협정을 맺을 생각 없나?"

"네! 그럼 좀 더 긴밀한 관계가 될 수 있을 거예요! 세이프리에 더 자주 찾아갈 수 있고요!"

신성의 물음에 엘레나가 환하게 웃으며 대답했다.

주위에 있던 귀족 엘프들도 격렬히 고개를 끄덕이며 이 결정을 반겼다. 어차피 넘쳐나는 과일과 엘프주였다.

엘브라스 밖으로 반출하면 안 된다는 규율이 있었지만 그것은 개인에게 적용되는 것이었다. 엘브라스에 이득이 온다면 하지 못할 것도 없었다. 세이프리에서 들어오는 좋은 물품들도 생길 터이니 많은 상호 간에 많은 이득이 있을 것이다. 예전이었다면 많은 난항을 겪었겠지만 지금은 전혀 문제가 되지 않았다.

그 자리에서 빠르게 무역협정이 체결되었다. 시작은 과일과 엘프주였고, 자세한 내용과 다른 품목은 나중에 따로 모여 정하기로 했다.

[최초로 대도시 간의 무역협정이 체결되었습니다.]

[세이프리와 엘브라스(엘프)의 관계가 우호로 바뀝니다.]
[대도시 간의 무역은 무역 창구를 설치해야 가능합니다.]

엘브라스 북쪽에 있는 다크엘프에게도 조만간 이 소식이 전해질 것이다. 그들도 무역협정을 하기 위해 연락해 올 가능성이 컸다.

신성은 진한 미소를 지었다. 조금 더 관계를 진전시키고 차근차근 준비하려 했지만 일이 대단히 빠르게 진행되었기 때문이다.

'마족을 상대하기 위해서는 대도시 간 협력은 필수야.'

어비스에서 마족들을 상대하기 위해서는 대도시 간의 협력이 대단히 중요했다. 내부 분열이 가장 큰 적이라는 것을 신성은 잘 알고 있었다. 지구의 대도시들이 단합하고 마계가 분열한다면 전쟁을 쉽게 풀어갈 수 있을 것이다.

첫 단추가 상당히 좋았다. 에르소나가 부재중인 것도 한몫했다. 에르소나였다면 엘브라스를 위해 이런저런 조건을 달았을 것이다. 무역협정뿐만 아니라 다른 협력 사안까지 오갔지만 추후에 다시 이야기하기로 하였다.

신성은 인벤토리에서 세계수의 씨앗을 꺼내 엘레나에게 주었다. 엘레나의 손에 씨앗이 들리는 순간 씨앗에서 빛이 뿜어져 나오더니 저절로 떠올라 엘브라스의 숲으로 날아갔다.

왕궁이 있는 곳 근처에 떨어진 세계수의 씨앗은 빠르게 싹을 틔우고 계속해서 자라 커다란 나무가 되었다. 아름다운 모습에 모든 엘프가 밖으로 나와 세계수 주변으로 모여들었다.

엘프들이 춤을 추며 노래를 불렀다. 그 소리가 엘브라스 전체에 은은하게 울려 퍼졌다.

[세계수 포탈이 생성되었습니다.]

*엘브라스→세이프리(개통)

*선 성향, 신분이 정확해야 세계수 포탈을 이용할 수 있습니다.

*세이프리 방문이 처음일 경우 입국 심사를 받아야 합니다. 입국 심사에는 약간의 마력 코인이 필요합니다.

*세계수 이용에는 요금이 청구됩니다.

*인벤토리 보유량이 제한됩니다. 소형 아이템이라도 20개 이상 보유 시 소형 무역품으로 취급되어 포탈 이용이 불가능합니다.

*엘브라스의 허가를 받는다면 타 종족들도 세이프리→엘브라스(부분 잠김) 포탈 이용이 가능합니다.

엘브라스에 있는 엘프 모두가 이런 문구를 받아보았을 것이다. 다크엘프에게도 조만간 교섭이 들어가니 다크엘프들도 이용할 수 있을 것이다.

다른 대도시도 이제 연락이 올 가능성이 컸다. 세계수 이용 요금은 부담스럽지만 직접 이동하는 것보다 세계수를 이용하는 편이 훨씬 편리하고 저렴할 것이다. 물론 엘브라스에게 청구하는 요금보다 높게 받을 생각이다.

이제 개인적인 목적을 이룰 때가 되었다. 신성이 엘레나에게 왕궁에 누구도 출입할 수 없는 곳이 있냐고 물었다. 그러자 엘레나가 골똘히 생각하다가 무언가 생각났는지 입을 떼었다.

"왕궁 지하에 거대한 문이 있어요. 강한 힘으로 잠겨 있는데 누구도 들어갈 수 없었죠. 엘브라스가 생긴 이래 한 번도 열리지 않은 문이라고 해요."

"그곳에 가고 싶은데."

"금기시된 곳도 아니니 상관없어요."

"일단 서고부터 가보도록 하지."

"네!"

엘레나는 여왕임에도 불구하고 직접 안내해 주었다.

여왕의 호위 기사들이 따라오고 싶어하는 눈치였지만 엘레나가 완강하게 거부하자 결국 신성을 떠나보낼 수밖에 없었다. 엘레나의 신변보다 신성이 멀어지는 것을 더 마음 아파하는 패씸한 기사들이었다.

엘레나가 투덜거렸지만 신성의 미소를 보고는 다른 생각은 모조리 날아가 버렸다.

왕궁의 서고는 무척이나 거대했다. 하이엘프들이 필수적으로 익히는 스킬 서적들이 존재했는데 하이엘프에게는 모두 개방된 곳이었다.

신성은 드래곤의 눈으로 스킬 서적을 살펴보았다. 수준 높은 마법이나 검술 계열이 보였지만 신성의 이목을 잡아끌지는 못했다.

'스킬 수준은 비슷비슷하군.'

신루에 있는 것들보다 좋은 것도 많았지만 드래곤인 자신이 굳이 스킬 포인트를 투자할 필요가 없는 것들이었다. 엘프의 마법이나 궁술은 전혀 필요가 없는 것들이었다. 일단 하이엘프의 패시브 스킬을 둘러보며 마음에 드는 것 하나를 익혔다.

[지배의 힘으로 스킬이 업데이트되었습니다.]
*악신의 눈이 추가되었습니다.

하이엘프의 전용 스킬인 '영혼의 눈'을 익히자 드래곤의 눈이 강화되어 악신의 눈이 생겼다. 루나처럼 상대의 거짓말을 완전히 파악할 수 있게 되었고 악신 전용 권능 역시 존재했다.

[C] 악신의 눈(유니크)

진실, 죗값을 판단하는 눈.

악신의 눈동자 앞에서는 거짓말이 소용없고 그저 상대방을 응시하는 것만으로 성향과 과거의 죄에 대해 자세히 알 수 있다. 악신의 랭크가 올라갈 때마다 자동으로 스킬 랭크가 오른다.

하이엘프의 종족 스킬을 익히니 자동으로 지배의 힘이 발동하여 스킬이 업데이트되었다. 능력도 능력이지만 스킬 포인트가 따로 들지 않는 것이 마음에 들었다. 모으고 있는 스킬 포인트는 드래곤의 능력을 올리기에도 빠듯했기 때문이다.

신성은 시험해 볼 요량으로 의자에 앉아 졸고 있는 엘레나를 바라보았다.

71Lv(열렙 중)

이름 : 엘레나

성향 : 골드, 선

신앙 : 세이프리의 수호룡(신앙 수준의 팬심)

호감도 : 100%(존경, 첫사랑)

[세부 프로필 자세히 보기]

엘브라스의 정기를 받으며 태어난 순혈의 하이엘프. 어린 나이에 부모를 잃었지만 밝고 긍정적인 생각으로 엘브라스를 이끌고 있다. 여왕답지 않게 왈가닥이지만 의외로 기품과 카리스마는 있는 편.

최근 연이은 가출 사태에 귀족들이 많은 스트레스를 받고 있다. 왕실의 경계가 강화된 것은 순전히 엘레나의 가출 소동 때문이다.

그리고 아무도 모르는 사실이지만 그녀는 몰래 모험가 팔찌를 구해서 아르케넷에 '수호룡과 엘프의 사랑'이라는 팬픽을 연재하고 있다.

그녀의 필명은 '갓신성'. 현재 유료 평균 조회 수 2만에 달한다. 지구의 인터넷을 통해 연재되어 현재 미국에서 첫 출판을 앞두고 있다.

[최근 한 달 사이의 죄]
*몰래 세이프리를 두 차례 방문
*인간 도시로 가출 2회
*에르소나 몰래 인간들의 사탕을 먹음
*에르소나의 얼굴에 낙서를 함

*기사단장의 컵에 수면제를 탐

"……."

전보다 훨씬 많은 정보를 볼 수 있었다.

"……."

봐선 안 될 것을 본 것 같았지만 일단 조용히 넘어가기로 한 신성이다.

나름 유용한 스킬이었다. 협박용 스킬로는 아주 그만이었다. 상대방을 살펴보는 순간 상대방의 약점을 쥐고 있는 것과 다름없기 때문이다. 물론 상대의 레벨이 높거나 비슷하다면 걸리지 않는 제약이 있지만 다른 스킬들도 그러하니 단점이라고 볼 수도 없었다.

다른 것들은 딱히 마음에 드는 것이 없어서 일단 이걸로 만족하기로 했다.

"신성 님, 오늘 머물고 가시나요?"

"용무를 마치면 그냥 갈까 하는데."

"엘브라스의 밤은 아름다워요. 꼭 보여드리고 싶어요."

"생각해 볼게."

"네."

엘레나와 잠시 궁전을 거닐며 이야기를 나누다가 왕궁의 지하로 향했다. 왕궁의 지하는 창고가 대부분이었는데 비싼 것들이 있는 것이 아니기 때문에 경계를 서고 있는 엘프의 숫자는 적었다.

문이 나타났다.

엘프 여왕조차 모르는 비밀이 방치되어 있는 저 문에 존재하고 있었다.

이 궁전이 생길 때부터 있었다는데 일반적인 문의 형태였다. 처음에는 신성하게 여겼던 적도 있었지만 수천 년이 지나다 보니 지금은 문 형태의 조각상 정도로 여겨지고 있었다.

"열리지 않는 문이라 불려요. 조사를 해봐도 어떤 특별한 것도 없다고 해요. 엘브라스의 의지가 이곳으로 인도한 건가요?"

"아마도."

엘브라스가 주는 보상이니 기대가 되었다. 신성은 기왕이면 보물이 나왔으면 하는 바람이다. 스킬도 얻었으니 보물마저 얻는다면 완벽했다.

엘레나가 먼저 다가가 문을 두드렸다. 그러나 문은 꼼짝도 하지 않았다. 소리도 울리지 않아 안이 비어 있는 것인지 짐작도 할 수 없었다.

확실히 드래곤의 눈으로 봐도 특별할 것이 없는 문이었다. 그저 문의 형태만 유지하고 있었고 나무 조각이 새겨져 있을 뿐이다.

"별다른 변화가 없네요."

엘레나가 실망하는 순간이다.

신성은 왜인지 문을 여는 방법을 알 것 같았다. 문을 노려보며 입을 떼었다.

[풀려라.]

용언이 발현되었다. 엘레나와 주위에 있던 엘프들이 황홀한 눈으로 신성을 바라보았다. 신성의 용언이 신의 목소리와 합쳐져 대단히 아름다웠기 때문이다.

드드드!

문에서 진동이 생겼다. 문의 잠금이 해제된 것이다.

엘레나가 화들짝 놀라며 뒤로 물러났다. 신성은 문으로 다가갔다. 문에 손을 얹자 안에서 무언가가 느껴졌다.

포근하지만 격렬한 느낌이다.

'드래곤의 마력이군.'

형태는 다르지만 드래곤의 마력임을 단번에 알 수 있었다. 신성은 자신의 마력을 끌어올려 문에 주입했다. 그러자 문의 틈에서 환한 빛이 뿜어져 나오더니 문의 표면이 갈라지기 시작했다.

"와!"

돌들이 떨어지며 드러난 것은 은빛의 문이었다. 아름다운 나무가 표면에 새겨져 있었는데 예술 작품을 보는 것 같았다.

엘레나가 감탄할 만한 모습이다.

드드드드드! 콰앙!

신성이 힘 있게 밀자 문이 열렸다. 오랜 세월 동안 한 번도 열린 적이 없는 문이 열린 것이다. 안은 어두웠다. 아무것도 보이지 않았다.

신성이 안으로 한 발짝 다가서며 뒤를 바라보았다. 엘레나가 들어오려고 했지만 반발력에 튕겨나가며 엉덩방아를 찧었다.

아무래도 신성만이 들어갈 수 있는 곳인 것 같았다. 울상이 된 엘레나에게 살짝 웃어준 신성은 안으로 들어갔다. 어둠뿐이었지만 마력이 느껴지는 곳을 향해 걸으니 점차 초록빛이 감도는 것이 보였다. 초록빛은 유형화된 마력이었다. 초록빛이 신성의 마력에 반응하더니 신성을 안내해 주었다.

점차 주위가 밝아지며 푸른 초원이 나타났다. 그리고 그 초원을 가득 메우고 있는 거대한 몸체가 보였다. 모두 나무뿌리에 둘러싸여 있는 형태였는데 그것이 무엇인지 보는 순간 이해가 되었다.

그의 이름을 듣지는 않았지만 이미 알고 있었다. 그의 마력이 정보를 전해주었기 때문이다.

"엘브라스, 당신이 엘브라스였군. 고룡 엘브라스……."

이제는 육체를 초월하여 거대한 숲을 이룬 엘브라스였다.

엘브라스의 드래곤 하트는 이미 멈추어 이 숲을 이루는 근간이 되었다. 그의 뼈와 살은 물론이고 모든 것이 이 숲을 유지하고 숲의 권능을 발휘하는 데 쓰였다.

그는 대지의 권능을 지닌 고룡이었다. 대숲 엘브라스는 그의 육체와 의지가 만들어낸 무덤이었다. 그것은 아르케디아 온라인에서조차 나오지 않은 설정이다.

신성 역시 엘브라스에 이런 비밀이 있을 줄은 생각하지 못했다. 엘프들도 알지 못하는 사실이었는데, 그럼에도 불구하고 이 숲을 엘브라스라 칭하는 것을 보면 세월의 흐름에 잊혔을 가능성이 컸다.

엘브라스의 깨어난 의지가 느껴졌다. 신성은 그 의지에서 지혜로움과 현명함을 느낄 수 있었다.

[어린 드래곤이여, 천계의 신조차, 지옥의 마신조차 그대의 아름다움에서 벗어날 수 없을 것이네. 내 권능은 오랜 세월 닳고 닳아 약해졌지만 그래도 도움이 될 것이야. 가까이 오게나.]

엘브라스의 의지는 약해지고 있었다. 숲과 완전히 동화되기 직전이었다. 엘브라스가 신성에게 권능을 넘겨준다면 드래곤으로서의 모든 모습은 사라지고 이제 숲으로 남을 것임을 직감했다.

신성이 엘브라스에게 다가가 손을 뻗었다. 엘브라스의 몸

전체에서 뿜어져 나온 푸른빛이 신성에게 깃들었다.

[엘브라스의 권능을 흡수하였습니다.]

[A+] 지청룡

대지의 권능을 지닌 드래곤.

대지의 힘을 자유자재로 다루며 드래곤 중에서 강력한 근력을 지녔다고 알려져 있다. 공중보다 지상에 있을 때 강력하며 보유한 속성의 정령을 소환할 수 있는 권능을 지니고 있다.

지청룡의 브레스가 닿은 자리에는 거대한 나무들이 치솟으며 적에게 재앙을 내릴 것이다.

*레벨이 크게 상승합니다.

*용언이 더욱 강력해집니다.

*드래곤 레어의 랭크가 상승합니다.

*발이 땅에 닿고 있을 때 모든 능력의 10%가 강화됩니다.

*숲, 그리고 대지에 관련된 종족들이 당신에게 강한 호감을 느낍니다.

*드래곤 레어의 영토를 늘릴 수 있습니다.

*대지의 권능으로 숲을 보다 풍부하게 꾸밀 수 있습니다.

*엘브라스의 상점이 추가되었습니다. 엘브라스가 소유한 다양한 물품을 구매할 수 있습니다.

레벨 업과 함께 지청룡으로 변할 힘을 얻게 되었다. 신성은 눈을 감았다. 대지가 느껴졌다. 대지의 마력이 그에게 강력한 힘을 전해주고 있었다.

CHAPTER 3
어비스를 향해서II

신성이 엘브라스의 권능을 받자 엘브라스의 남아 있던 육체가 사라졌다. 그의 육체가 숲으로 흩어지며 엘브라스를 더욱 풍성하게 만들었다.

드래곤의 죽음은 새로운 시작이었다. 그 위대한 의지가 지상에 남아 숲을 이루고 기적을 일으켰다.

엘브라스가 있던 자리에 수많은 꽃봉오리가 맺히더니 활짝 피기 시작했다. 아름다운 꽃들에서 뿜어져 나오는 기운은 너무나 맑았다. 청량한 기운에 신성은 눈을 감으며 호흡했다.

'거대한 존재……'

그는 시점 자체가 달랐다. 신성조차도 그의 시점을 이해하기 벅찼다. 그가 자신에게 무엇을 바라고 있는지 궁금했다. 신성은 고개를 젓고 등을 돌렸다. 드래곤 로드나 엘브라스가 무엇을 원하든 간에 신성은 자신의 길을 갈 것이다.

아무튼 그에게 명복을 빌어줄 필요는 없을 것이다. 숲의 의지로서 엘프들과 함께 살아갈 테니 말이다. 신성은 피식 웃었다. 엘브라스는 어쩌면 드래곤 로드보다 더한 드래곤일지도 몰랐다. 모든 엘프가 그의 품 안에 있었으니 말이다.

"신성 님!"

밖에 있던 엘레나가 안으로 달려들어 왔다. 고룡 엘브라스가 사라지면서 출입할 수 있어졌기에 엘레나도 들어올 수 있었다.

"아……."

그녀는 신성의 모습을 보면서 안도하다가 주변에 펼쳐진 환상적인 광경을 보곤 표정이 멍해졌다.

아름다운 꽃들이 뿌리는 빛무리가 환상적인 광경을 연출하고 있었다. 빛무리는 천천히 퍼져 나가며 왕궁에 깃들었고, 엘브라스 전역으로 퍼져갔다.

"아름다워요. 이런 곳이 있었다니 꿈에도 몰랐어요. 신성 님이랑 같이 있어서 더 아름다운 것 같아요."

"그래?"

"네!"

꽃에서 작은 정령들이 태어났다. 기지개를 켜며 일어나는 모습이 대단히 귀여웠다. 정령들은 주위를 두리번거리더니 신성에게 몰려왔다.

엘브라스의 권능을 얻기 전에는 하급 정령들이 감히 다가올 생각을 하지 못했는데 지금은 달랐다. 신성의 주변을 돌면서 환하게 웃었다. 신성에게 숲과 같은 포근함을 느끼는 것인지 신성의 몸에 마구 달라붙었다.

[안녕하세요?]

[같이 가요.]

[여기 있어도 돼요?]

[따듯해요.]

[저 엘프는 뭔데 붙어 있어요? 건방져요.]

정령들의 말이 들려왔다.

정령들의 말은 계약 상대가 아니면 결코 들을 수 없었다. 하이엘프조차도 본인이 계약한 정령과 간단한 대화 정도를 나눌 뿐이다.

정령들의 목소리는 마치 음악 소리와도 같았다. 듣고 있으면 마음이 편안해졌다. 신성은 엘브라스의 권능을 받았기에 딱히 계약이 없다고 하더라도 정령을 지배할 수 있었다.

'신기한 느낌이군.'

자신의 손가락에 얼굴을 비비는 정령을 보니 제법 신기했다.

엘레나가 신성의 주위를 돌며 손을 휘저었다. 그러자 정령들이 화들짝 놀라며 나비처럼 주변으로 날아갔다. 엘레나의 눈초리를 받은 정령들은 뭐가 그리 재밌는지 웃음소리를 내며 주변을 날아다녔다.

엘레나의 머리를 잡아당기거나 치마를 들치는 등 엘레나를 놀리고 있었다. 엘레나가 심통이 나서 정령들에게 손을 휘두르며 쫓아다녔다. 엘레나가 달릴 때마다 꽃잎이 사방에 휘날렸다.

"잡았다!"

엘레나가 슬라이딩을 하며 두 손을 뻗었다.

털썩!

꽃이 모여 있는 곳에 떨어져 내리자 꽃잎이 휘몰아쳤다. 엘레나가 손에서 꿈틀거리는 정령을 노려보았다. 그러다가 환하게 웃고는 정령을 신성에게 보여주었다.

"계약에 성공했어요!"

"…보통 그렇게 계약하는 거야?"

"네. 소환진도 있지만 엘브라스에서는 정령이 넘쳐서 잘 쓰이지 않아요. 돈도 많이 들고 시간도 많이 걸리거든요. 그래서 엘프들의 상점에서 그물이나 잠자리채 같은 걸로 정령을 잡지요."

아르케디아 온라인에서는 정령 소환진이 있어서 소환한 다음에 계약하는 형식이었지만 엘브라스에는 정령이 넘쳐나다 보니 그럴 필요가 없었다. 포획 방법이 조금 다른 것 같았지만 이해할 수 있는 수준이었다.

엘프들이 잠자리채를 들고 정령을 채집하는 모습을 상상하니 조금 웃기기는 했다. 방금 계약을 한 하급 정령은 얌전히 엘레나의 어깨에 앉아 있다가 날아오르더니 신성의 주변을 날아다녔다. 엘레나가 불러도 오진 않자 엘레나는 한숨을 내쉬며 고개를 저었다.

'정령을 포획해서 팔아볼까?'

그런 생각이 들었다. 실제로 아르케디아 온라인에서 캐시 아이템으로 정령 소환석을 팔기는 했다. 정령을 접할 수 없는 세이프리에 공급해 준다면 전력이 늘어날 것 같았다. 그러나 아직은 현실적으로 불가능한 일이었다.

신성은 이런저런 생각을 하며 밖으로 나왔다. 좋은 정령이 풍부한 저곳은 이제 엘브라스의 성역이 될 확률이 높았다.

엘브라스의 권능을 받은 신성은 언제든지 방문할 수 있었다. 엘프들이 반대할 수도 없었다. 엘브라스가 내려준 권한이기 때문이다.

신성이 엘레나와 함께 나와 있자 하이엘프들이 다가오는 것이 느껴졌다. 이상 현상을 느끼고 걱정되어 달려온 것이다. 안쪽에 펼쳐져 있는 환상적인 광경을 본 하이엘프들의 표정 역시 멍해졌다. 엘프 귀족들은 이제 모두 신성을 흠모에 가득 찬 표정으로 바라보고 있었다.

신성은 하이엘프와 엘프 귀족, 그리고 여왕 엘레나의 호위를 받으며 다시 중앙 홀로 들어왔다. 그 모습을 본 김수정이 고개를 끄덕이며 감탄했다.

어느 누가 저런 광경을 만들어낼 수 있을까?

오만한 태도 때문에 다크엘프 부족들과도 큰 마찰이 있던 것이 바로 저 엘프들이다. 이제는 그런 기색을 찾아볼 수 없었다. 김수정은 엘프와 다크엘프의 관계가 회복될 수 있음을 직감했다.

'엘브라스가 다시 한 번 성장하겠군. 그전에 뽑아낼 건 뽑아내야겠지?'

김수정은 그렇게 생각하며 고개를 끄덕였다. 엘프와 다크엘프가 힘을 합친다면 세이프리를 제칠 수는 없으나 격차를 꽤 좁힐 수 있을 것이다. 둘이 분열되어 있는 편이 세이프리에게는 좋았지만 마족과의 전투를 앞두고 있으니 방해할 수는 없었다.

"용무는 끝나셨습니까?"

"끝났어. 마물의 숲 쪽 상황은?"

"이제 막 레이드가 시작되었다고 합니다."

"생각보다 빠르군. 이곳에서 하룻밤 머무는 것은 힘들겠네."

김수정이 신성에게 다가와 물었다. 신성과 나란히 서 있는 김수정을 하이엘프들이 부럽다는 눈으로 바라보았다. 김수정은 어깨에 힘이 들어가는 것을 느꼈다. 승리자의 눈빛으로 하이엘프를 바라봐 준 김수정이다.

김수정은 직감했다. 저들 모두 세이프리에 자주 방문할 것임을 말이다.

"그냥 가시게요? 하룻밤 미물고 가시지······."

"미안."

"대신 세이프리에 자주 놀러 갈게요."

엘레나의 말에 신성은 피식 웃으며 고개를 끄덕였다.

"호위로는 제가 가겠습니다."

"아니, 제가······."

"그래도 고위 귀족이 가는 것이 전하의 체면이 서지 않겠는가?"

"전투 능력이 출중한 기사단이 가는 편이······."

엘프들은 벌써 여왕의 호위를 자처하고 있었다.

아무튼 평화롭게 엘브라스에서의 일정이 마무리되었다. 생각 많은 것을 얻을 수 있었다. 지청룡의 힘은 어비스에서 활약하는 데 많은 도움이 되어줄 것이다. 마계를 정화하는 데도 좋을 것 같았다.

　엘레나와 기사단, 그리고 엘프 귀족들이 신성을 배웅해 주었다. 세계수는 아름다운 자태를 자랑하고 있었다. 엘브라스의 정령들이 세계수의 곁에서 춤을 추고 있었는데 대단히 아름다웠다.

　신성이 나타나자 세계수에 정령이 깃들기 시작했다. 세계수와 정령은 상성이 너무나 잘 맞았다.

　[세계수에 정령이 깃듭니다.]
　[용언을 사용하여 세계수의 정령을 완성할 수 있습니다.]
　[엘브라스의 의지가 도와줄 것입니다.]

　엘브라스의 권능을 얻었기에 가능한 일이었다.

　'한번 해볼까?'

　엘브라스가 힘을 빌려주고 있는 지금이라면 가능할 것 같았다. 엘브라스의 의지가 용언을 더 강력하게 만들어줄 것이다.

　신성은 세계수를 향해 천천히 손을 뻗었다. 강력한 마력이 방출되자 모두가 신성을 바라보았다.

　세계수에는 많은 정령이 깃들어 있었다. 엘브라스 전역에서 날아온 정령, 그리고 고룡 엘브라스가 있던 곳에서 탄생한 정령들이 세계수 안에서 빛을 뿜어내고 있었다.

[나타나라.]

신성이 의지를 일으키며 용언을 내뱉자 세계수에서 환한 빛
이 터져 나왔다. 세계수와 정령들이 합쳐지며 만들어낸 빛이
다.

빛이 사라지자 세계수의 모습이 드러났다. 세계수는 달라져
있었다. 나무 기둥에 얼굴이 생겼고, 나뭇가지를 마치 팔처럼
자유롭게 움직이고 있었다.

[세계수의 정령이 탄생하였습니다.]

*모든 세계수에 세계수의 정령이 깃듭니다.

*세계수의 힘으로 나무의 정령이 탄생하였습니다.

*세계수의 정령은 세계수를 이동시킬 수 있으며, 이동된 곳
에서 포탈을 만들 수 있습니다.

*세계수의 정령은 나무를 이용하여 공격과 방어를 할 수 있
습니다.

*세계수의 정령은 정령 뽑기를 통해 정령을 생산할 수 있습니
다. 단, 막대한 마력 코인과 재료가 들어갑니다.

신성은 감탄했다. 엘브라스에 세계수를 심기는 했지만 본체
는 세이프리에 있었고 대여하는 형식이었다. 지금 여기서 탄

생한 세계수의 정령은 온전히 세이프리의 것이었다.

게다가 정령 뽑기라는 기능이 있었다. 세이프리에 있는 엘프나 정령과의 친화력이 높은 이들에게 좋은 전력이 되어줄 것이다. 다만 뽑기라는 것이 마음에 걸렸다.

신성은 확인해 볼 필요성을 느꼈다.

[포탈을 이용하려면 마력 코인을 줘야 해! 후후훗! 한두 푼으로는 안 돼! 외상 사절! 돈과 재료가 있으면 정령 뽑기에 도전해 봐! 인생 역전이 바로 여기에 있다구!]

세계수의 정령이 내뱉은 첫 말이다. 목소리에선 장난꾸러기 소녀의 느낌이 났다.

주변에 있던 모든 엘프가 멍한 표정으로 세계수의 정령을 바라보았다.

신성이 다가가자 세계수의 정령은 나무로 이루어진 눈을 굴리며 신성을 바라보았다.

[날 만든 드래곤! 우와아! 안녕! 멋쟁이!]

"정령 뽑기에 대해 알고 싶은데."

[응, 보여줄게! 오늘만 특별히 공짜로 보여주는 거야! 본체로 돈을 상납하려면 엄청 벌어야 하거든!]

"…그래."

그 돈을 설정한 것이 바로 신성이다.

세계수의 앞에 창이 떠올랐다. 조합법이 적혀 있었는데 확률은 그다지 높지 않았다.

[A] 두근두근 정령 뽑기!

평소 도박을 좋아하던 엘브라스의 의지가 반영된 뽑기 게임.

엘브라스는 드래곤 로드와 내기하다가 전 재산을 잃었다고 알려져 있다. 고룡으로서의 깨달음을 얻은 것은 그때일 것이다.

재료를 세계수의 정령에게 준다면 뽑기 상자를 만들어준다. 세계수의 정령이 벌어들인 이익은 재료와 수수료를 제외하고 모두 본체에게 전달된다. 수수료는 세계수의 정령이 본인의 능력을 업그레이드하거나 외관을 꾸미는 데 사용된다.

높은 랭크의 재료를 준다면 그만큼 랭크가 높은 뽑기 상자를 얻을 수 있다.

[뽑기 상자 재료]

강화석(중급 이상)×3, 마정석(중급 이상)×3

속성의 보석×3, 30KC

[??]정령 뽑기 상자

정령을 획득할 수 있는 뽑기 상자.

랜덤으로 정령이 담겨 있는 정령 소환석을 얻을 수 있다. 운이 좋다면 중급, 상급, 최상급 정령을 얻을 수 있다.

획득할 수 있는 모든 정령은 1Lv부터 키워야 하는 성장형 정령이다.

속성과 능력, 정령의 종류 역시 랜덤이다.

*확률(비공개)
꽝 : 20%
하급 정령 : 45%
중급 정령 : 30%
상급 정령 : 4.5%
최상급 정령 : 0.5%

이벤트 때 나온 정령 뽑기 상자가 정령 뽑기의 실체였다. 다 성장하여 능력이 정해져 있는 일반 정령과는 다르게 대단한 가능성을 지닌 성장형 정령을 주니 인기가 엄청난 이벤트였다.

정령의 외모도 상당이 깜찍하고 귀여운 편이라 여성 유저들에게 많은 사랑을 받았다.

재료와 수수료를 제외한 수익금이 본체에 자동으로 쌓이게 되는 방식이다.

세계수는 신성이 많이 투자한 것이니 수익금 대부분은 드래곤 레어의 창고로 자동으로 이동될 것이다.

뽑기 상자를 만들 때 쓰이는 재료와 마력 코인, 그리고 세계수의 정령이 가져가는 수수료를 제외한다 해도 많은 수익금을 얻을 수 있을 것 같았다.

'뽑기만큼 재미있는 도박은 드물지.'

확률이 떠올라 있는 창은 드래곤의 눈으로만 볼 수 있었다. 이곳에 있는 이들은 확률이 어떻게 되는지 영원히 알 수 없을 것이다.

최상급 정령을 얻기란 대단히 힘들었다. 0.5%의 확률이다. 대부분 하급 정령이나 중급 정령을 획득할 것이고, 상급 정령도 운이 좋다면 가능했다. 성장형 하급 정령만 얻어도 본전은 한 것이지만 꽝도 존재하니 결코 방심할 수 없는 뽑기였다.

"와, 성장형 정령이래요. 엘브라스에서도 대단히 드문 정령이에요."

엘레나가 웃으며 말했다.

엘레나가 하이엘프를 바라보자 하이엘프가 빠르게 재료를 가져와 그녀에게 건네주었다. 엘레나가 재료와 마력 코인을 들고 손을 뻗자 빛이 일어나며 재료와 마력 코인이 사라졌다. 그리고 엘레나의 빈손에 파란 리본이 달린 초록색 상자가 나타났다. 상자의 표면에는 물음표가 잔뜩 그려져 있었다.

모두의 시선이 집중되었다. 엘브라스에서 최초로 정령 뽑기가 시작되었다. 엘레나는 떨리는 손으로 리본을 풀었다. 그러자 상자가 부르르 떨리더니 공중으로 떠올랐다.

퍼엉!

상자가 터지면서 세계수 주변에 커다란 글씨가 새겨졌다.

[축하합니다! 엘레나 님께서 최상급 정령 소환석 획득에 성공하였습니다(정령 뽑기 상자).]

이러한 글자는 세계수가 있는 모든 곳에 떠올라 있었다. 신루에서 지금 이 글자를 본 많은 이들이 아르케넷에 글을 올리고 있었다. 광고효과가 대단했다. 벌써 세계수 주변으로 많은 아르케디아인이 모여들고 있었다.

보고 있던 모든 엘프가 엘레나에게 축하를 전하며 손뼉을 쳤다.

주변에 일반 엘프들도 몰려와 지켜보고 있었는데 모두 자신이 가지고 있는 마력 코인과 재료를 확인하고 있었다.

"뽑기 상자라… 중독되면 빠져나갈 수 없지요. 엘브라스에서 좋은 권능을 얻으셨군요."

"열심히 돈을 벌어서 나에게 가져다주겠군."

세계수를 여기까지 키우는 데 막대한 마력 코인이 들어갔다. 이제 그 돈을 회수할 차례였다.

김수정의 말에 신성은 피식 웃고는 세계수를 바라보았다. 세계수는 신루로 가는 포탈을 열어주었다.

※　　　　※　　　　※

엘프들의 배웅을 받으며 신루에 도착하자 주변에 몰려온 많은 아르케디아인을 볼 수 있었다. 그들은 신성을 마중 나온 것이 아니었다.

세계수 위에 떠오른 글씨를 보고 찾아와 정령 뽑기에 도전히는 중이었다. 지금도 아르케넷에는 계속해서 이 소식이 퍼지고 있었다.

화제가 될 수밖에 없었다. 운이 좋아 최상급 정령을 뽑을 수만 있다면 그야말로 대박이기 때문이다.

"아, 젠장! 꽝이야!"

"오, 중급 정령! 하하!"

"30개 지른다. 상급 하나라도 뜨면 본전이야."

정령은 소환석 형태로 되어 있기 때문에 사고팔 수 있었다. 경매장에 올려놓는다면 비싸게 팔 수 있을 것이다. 하급 정령은 꽤 많이 나오는 편이니 세이프리와 신루에 많이 보급될 것 같았다. 돈도 벌고 세이프리와 신루의 전력도 상승시키고 일거양득이다.

세이프리와 신루에 머무는 정령사 지망생도 많았는데 그들은 정령을 잡으려면 한강까지 가서 오랜 시간 투자해야 했다. 그럼에도 잡는 것은 하급이라 부르기에도 뭐한 질 낮은 정령이고 대부분 수속성이었다. 하지만 이제 성장형 정령을 꽤나 높은 확률에 얻을 수 있게 되었다. 속성도 다양했다.

비록 돈이 조금 많이 들기는 하지만 마음먹고 모으면 못 모을 것도 없는 금액이다. 뽑기가 부담스럽다면 이제 곧 사람들이 경매장에 정령 소환석을 올릴 것이니 그것을 사면 된다.

세계수는 현재 세이프리, 신루, 엘브라스밖에 존재하지 않았다. 세계수의 본체는 드래곤 레어에 있고 루나의 탑 근방에 세계수의 분신을 배치해 놓았기에 세이프리에서도 누구나 이용할 수 있었다.

신성은 인파 가운데 사르키오와 마법사들이 있는 것을 발견했다. 주변에 있는 자들도 신성을 발견했는데 넋이 나가 입도 벌리지 못하고 있었다.

신성은 사르키오와 마법사들에게 다가갔다.

"오, 각하! 엘브라스에 계시다고 들었습니다만, 이제 돌아오신 모양이군요. 성과는 어땠습니까?"

신성은 피식 웃으며 세계수를 가리켰다. 그러자 사르키오가 인자한 웃음을 지으며 고개를 끄덕였다.

"사르키오 국장님도 정령 뽑기를 하러 오신 겁니까?"

"허허, 요즘 마도 공학 기술이 하급의 끝자락에 닿았습니다. 중형 비공정도 제작된 마당에 얻을 수 있는 경험치는 너무나 적지요."

"그렇군요."

마도 공학 기술 중급을 코앞에 두고 있었다. 문제는 대부분의 기술이 개발되어 경험치를 쌓기 힘들다는 점이다. 중급에 이르면 더욱 다양한 물품을 제작할 수 있으므로 반드시 도달해야 했다.

"그래서 경험치를 한 번에 쌓을 방법을 찾아보고 있었는데 정령이라는 것이 눈에 띄어서 말이지요. 정령 엔진을 만들어 보면 어떨까 합니다. 마력보다 성능은 낮겠지만 연비에서는 마력 엔진이 따라오지 못할 것 같습니다."

"음, 정령 엔진이라… 그게 발명된다면 골렘 같은 자의식을 지닌 병기도 탄생할 수 있겠군요."

"허허, 그렇긴 한데, 자금이 문제입니다만……."

전쟁 병기를 만드는 데는 돈이 많이 들 수밖에 없었다. 드래곤 레어에서 파는 설계도도 비싼 편이고 개발비, 재료비 등을 포함해 세이프리 재정이 휘청거릴 정도로 부어넣어야 했다.

"어비스 차원에 들어간다면 재료를 대량으로 구할 수 있을 겁니다. 자금은 차차 구하도록 하지요."

"어비스라… 두려운 이름이군요. 그러나 그 두려움을 극복한다면 기회가 되겠지요."

신성은 고개를 끄덕이며 웃었다. 이번에 얻은 세계수의 정령 때문에 어비스 진출은 더욱 쉬워졌다. 세계수는 대도시에만 설치할 수 있었다. 세계수의 씨앗만 있다면 대도시에 몇 개든지 설치할 수 있었다.

세계수를 가지고 어비스 안으로 들어갈 수는 없지만 차원의 문 앞까지는 이동이 가능했다. 신루에 하나 더 심고 세계수의 정령을 이용해 이동시켜 배치한다면 어비스 차원문 앞까지 편하게 갈 수 있을 것이다.

신성은 신루를 바라보았다. 많은 아르케디아인, 그리고 아르케디아의 주민들이 어울려 발전해 나가고 있었다. 그리고 그 안에는 일반인도 있었다.

입학생들의 가족에 한해서 입점을 허락해 주었는데 현대 문물을 파는 상점이나 여러 편의 시설이 들어와 있었다. 가격은 싼 편이기 때문에 여유가 없는 이들은 지구 물품을 이용하고 있었다. 일반인과 아르케디아인이 어울리는 모습을 보니 어느 정도 성과가 있는 것 같아 기분이 좋아졌다.

"마물의 숲으로 가봐야겠군."

"그럼 저는 세이프리로 가서 정보를 정리하겠습니다."

신성의 뒤에 조용히 서 있던 김수정이 말했다.

"각하, 비공정을 타고 가시는 것이 낫지 않겠습니까?"

"직접 가는 게 빠릅니다."

신성은 사르키오의 말에 고개를 저었다.

신성은 등을 돌리며 천천히 앞으로 걸어갔다. 그의 주변으로 막대한 마력이 휘몰아치며 주변에 있던 이들을 뒤로 물러나게 하였다. 신성이 온몸에 넘쳐흐르기 시작한 힘을 느끼며 진한 미소를 짓는 순간이다.

파아앗!

빛이 뿜어져 나왔다. 사방을 비추는 빛이 점점 커지더니 세계수만큼이나 커졌다.

빛을 찢으며 등장한 것은 드래곤이었다. 엘브라스의 권능을 흡수하면서 몸집이 더 커져 있었다. 이제는 본 드래곤보다 클 것이다.

쿠오오오오!

하울링이 신루에 울려 퍼졌다. 적들이 들었다면 오줌을 질질 싸며 기절해 버렸겠지만 아군에게는 반대로 작용했다.

엘브라스의 권능은 신성의 기본 능력에 많은 힘을 부여해 주었다. 주변에 있던 모든 이들의 몸에 푸른빛이 감돌았다.

[세이프리의 수호룡이 축복하였습니다.]

[B] 질러라! 그럼 얻을지니!

세이프리의 수호룡이 가련한 중생들을 위해 힘을 써주었다. 행운과 매력이 일시적으로 올라간다. 행운은 도박에 한정된 것이기는 하지만 결과가 나쁠 경우 +1스탯이 쌓이게 된다. 결과가 좋을 경우 쌓인 행운은 모두 날아간다.

지르고 또 지르자. 그럼 반드시 하나라도 뜬다.

*도박의 행운 +30(도박)(행운 스탯 쌓기 가능)

*매력 +30

고룡, 아니, 도박룡 엘브라스의 영향 때문에 생긴 버프였다.

'드래곤 레어에 엘브라스 상점이 추가되었다고 했는데……'

아마 도박과 관련된 상품일 가능성이 컸다. 행운 수치가 무척이나 높은 신성에게 도박은 해볼 만한 승부였다.

모두가 넋을 잃고 신성의 모습을 바라보았다. 거대한 드래곤의 모습은 압도적이었다. 절로 무릎을 꿇게 만드는 힘이 있었다.

"아……!"

"아름다워!"

그리고 함락신의 권능이 더욱 크게 작용하게 해주었다.

휘이이!

하늘로 날아올랐다.

거대한 드래곤이 하늘로 빠르게 치솟는 광경은 환상 그 자체였다. 구름을 뚫고 치솟자 주변의 모든 풍경이 내려다보였다. 드래곤은 늘 이런 풍경을 내려다보았을 것이다.

상쾌했다. 주변으로 움직이는 바람, 구름이 모두 느껴졌다. 거대한 몸체가 움직이자 구름이 터지며 사라졌다.

드래곤의 눈으로 마물의 숲 쪽을 바라보았다.

[보여라.]

용언이 발현되었다.

드래곤의 눈이라 할지라도 굉장히 멀리 떨어져 있는 마물의 숲을 볼 수는 없었다. 그러나 용언이 있다면 가능했다. 풍경이 마구 확대되며 멀리 떨어져 있는 마물의 숲이 보였다.

마치 카메라로 보는 것 같은 느낌이다. 에르소나와 엘프 부대들이 마물들을 상대하며 차원의 문지기를 향해 진격하고 있었다.

'저기 있군.'

차원의 문지기가 모습을 드러내고 있었다. 차원의 문지기는 거대한 골렘 형태였다. 단단한 내구력과 무지막지한 공격력을 지니고 있는 대형 몬스터였다.

가장 공략하기 힘든 점은 차원의 문지기가 움직일 때마다 돌이 떨어져 내리며 몬스터가 만들어진다는 것이다. 공격을 당할수록 문지기의 부하들이 늘어나는 특성을 지니고 있었다.

정말 까다로운 상대였다.

'단번에 처부수면 될 일이지.'

아예 박살을 내면 된다.

드래곤의 황금빛 눈동자에서 살기가 번뜩였다. 그 살기는 주변에 빈개를 만들어내고 비를 불러왔다. 드래곤은 존재하는 것만으로도 날씨가 바뀌며 주변에 영향을 미치고 있었다. 성룡에 불과한 자신이 이 정도인데 고룡에 도달하게 되면 어떻게 될지 궁금했다. 그리고 신의 힘과 드래곤의 힘이 완전히 합쳐진다면 고룡보다 훨씬 위대한 힘을 얻을 수 있을지도 몰랐다.

콰아아아아!

신성이 하늘을 가르며 빠르게 나아갔다. 드래곤 하트에서 막대한 마력이 방출되자 속도가 점점 더 빨라졌다. 소형 비공정을 가볍게 능가했지만 신성의 움직임에는 자유가 존재했다. 마력이 물결치며 뻗어갔다. 그 누구도 신성을 막을 수 없을 것이다.

마물의 숲에 도착하기까지 그리 오랜 시간 걸리지 않았다. 멀리 라스베이거스가 보인다. 그리고 그 앞에 거대한 검은 숲이 존재하고 있었다.

신성이 몸을 회전하며 마물의 숲을 향해 직각으로 떨어져 내렸다. 푸른 마력에 둘러싸여 떨어져 내리는 모습을 마물의 숲에 있는 모든 자가 볼 수 있었다. 그만큼 화려하고 커다랬다.

지상이 가까워졌음에도 속도를 줄이지 않았다.

멀리 있던 차원의 문지기가 코앞에 이르는 순간,

콰아아앙!

그대로 충돌하며 엄청난 진동을 만들어냈다.

신성과 차원의 문지기가 충돌하자 주변의 나무들이 쓰러지고 바닥이 물결쳤다. 차원의 문지기는 크게 튕겨 나가며 절벽에 처박혔다.

주변에 먼지구름이 자욱하게 치솟았다.

신성의 아름다운 몸체가 먼지구름을 뚫고 모습을 드러냈다. 드래곤이 마물의 숲에 강림한 것이다.

쿠오오오오오!

천둥과도 같은 소리가 울려 퍼지는 순간, 모두가 그대로 굳어버렸다.

*   *   *

에르소나와 정예 기사단, 그리고 엘프 병력은 순조롭게 마물의 숲을 클리어해 나갔다. 그리고 드디어 차원의 문지기와의 싸움이 시작되었다.

그녀가 가장 경계하고 있던 세이프리의 수호룡은 마물의

숲 토벌에 참여하지 않고 있었다. 세이프리의 병력은 레벨 업에 열중하고 마물의 숲에는 관심을 보이지 않고 있었다.

에르소나는 기회라고 생각했다. 이미 마물의 숲 토벌 보상은 90% 이상 엘브라스가 차지하고 있었고, 마물의 숲 보스도 그녀가 직접 잡았다. 차원의 문지기만 잡으면 마물의 숲이 완전히 토벌되는 것이다.

'까다롭군.'

차원의 문지기는 강했다. 가장 상대하기 싫은 타입이었다. 지속해서 대미지를 주어 몸체를 줄여 나가는 수밖에 없었다. 그럴수록 차원의 문지기가 뱉어내는 부하들을 상대해야 했지만 뾰족한 방법이 없었다.

에르소나는 직접 사슴을 타고 달리며 몰려오는 문지기의 부하들을 상대했다. 정령이 깃든 사슴은 무척이나 기동성이 좋아 움직임이 굼뜬 놈들은 따라올 수 없었다.

차원의 문지기가 거대한 손을 들어 올렸다. 그것을 발견한 하이엘프가 에르소나를 향해 외쳤다.

"보스 공격이 옵니다! 방금처럼 대응하겠습니다!"

공격은 단조로우니 무사히 피할 수 있을 것이다. 그 순간 에르소나의 눈동자가 커졌다.

"안 돼! 뒤로 물러나! 2페이즈다!"

"네? 하지만 벌써……?"

1페이즈 때와는 미묘하게 다른 자세였다. 아직 대미지를 많이 입지 않았음에도 2페이즈의 공격 패턴을 쓰려 하고 있었다.

에르소나가 그것을 포착하지 못했다면 많은 엘프가 죽었을 것이다. 엘프들이 뒤로 물러나자 주먹이 바닥을 때렸다.

콰가가가!

바닥에서 마력이 치솟으며 지진을 만들어냈다. 1페이즈 때와는 전혀 다른 위력이다.

"꺄앗!"

"윽!"

가장 앞에 있던 엘프들이 중심을 잃고 쓰러졌다.

여성 엘프가 기절해 버린 사슴에 깔렸다. 그 위로 돌이 쏟아져 내렸다.

남성 엘프가 그녀를 구하기 위해 애썼다. 그러나 돌과 함께 깔렸기에 그의 힘으로는 구할 수 없었다.

에르소나가 그것을 발견하고 사슴의 방향을 바꾸려 할 때였다.

두둥!

거대한 몸체가 쓰러져 있는 엘프에게 다가왔다. 남성 엘프는 검을 들어 방어하려고 했지만 막아낼 수 없다는 것을 잘 알고 있었다.

그의 얼굴에 절망감이 감돌 때였다.

휘이이이이!

하늘에서 기이한 소리가 들려왔다. 그 소리에 차원의 문지기가 엘프들을 깔아뭉개려는 것을 멈추고 하늘을 바라보았다.

에르소나 역시 하늘을 바라보았다.

창공을 가르며 떨어져 내리는 거대한 푸른빛이 있었다. 그 빛은 점점 가까이 다가오더니 순식간에 눈앞에 도달했다.

콰아아앙!

그리고 차원의 문지기와 부딪쳤다.

"꺄악!"

"꺅!"

엄청난 충격에 주변에 있던 엘프들이 사방으로 날려갔다. 돌과 사슬에 깔린 엘프들도 뒤로 날려갔는데 차원의 문지기에게 뭉개지는 것보다는 훨씬 나을 것이다.

에르소나와 하이엘프들이 치솟은 먼지를 바라보았다. 물러나고 있던 엘프 병력도 마찬가지였다. 상식을 벗어나는 광경에 모두 멍한 표정이 되었다. 그 거대한 차원의 문지기가 허무하게 팅겨 나가 절벽에 처박혀 있다.

먼지구름을 뚫고 위대한 존재가 모습을 드러냈다.

"드… 래곤."

에르소나가 그 존재를 입에 담았다. 드래곤이 천둥과도 같은 소리를 내뱉자 엘프들은 몸에 힘이 들어가는 것을 느꼈다.

거기서 끝이 아니었다.

청량한 바람이 불어오더니 드래곤의 모습이 달라졌다. 아름답게 뻗어 있는 날개가 줄어들고 몸집이 더 커졌다. 푸른빛이 감돌던 비늘은 초록빛으로 바뀌었다. 초록빛 마력이 뿜어져 나오며 드래곤의 몸에 감돌았다.

거대한 나무뿌리들이 주변에 자라나기 시작했다.

드래곤을 중심으로 초록빛의 풀들이 돋아나고 나무들이 치솟았다. 마치 엘브라스에 있는 깃 같은 기분이다.

에르소나는 침을 꿀꺽 삼켰다. 저 드래곤이 누구인지 너무나 잘 알고 있었다. 증오와 질투의 대상이고 그녀에게 열등감을 심어준 존재였다. 그러나 지금 그의 모습에 에르소나는 시선을 떼지 못했다.

낯선 감정이 심장을 타고 기어올라왔다.

주먹을 꽉 쥐며 감정을 뱉어낸 에르소나는 밑을 바라보았다. 묘목을 주변에 심고 있는 정령이 보였다.

나무의 정령이다.

에르소나조차 처음 보는 정령이다.

[일을 하자, 일을!]

[심어! 심어! 마구 심어!]

[여기 왜 이렇게 더러워? 쓸모없는 엘프들은 왜 이렇게 많아?]

정령의 말이 기이하게도 뚜렷하게 들렸다. 보통 계약을 하지 않는 이상 정령의 말을 들을 수 없었는데 아마 드래곤이 곁에 존재하기 때문인 것 같았다. 그것이 아니라면 나무의 정령이 특이한 것일지도 모른다.

[비켜! 가슴 큰 엘프! 안 비키면 거기에 꽂아줄 테다!]

머리에 꽃을 쓰고 있는 나무의 정령이 에르소나의 발을 툭툭 치며 말하자 에르소나가 흠칫 놀라며 뒤로 물러났다. 나무의 정령은 성질이 꽤 더러웠다. 드래곤의 포악함을 닮았기 때문인지도 모른다. 그래도 신성의 내면을 닮아 근본적으로 착한 이들이었다.

드래곤이 차원의 문지기를 향해 호흡을 내뿜었다. 그러자 마력의 폭풍이 뿜어져 나가며 차원의 문지기를 휩쓸었다. 호흡이 닿은 곳에는 커다란 나무들이 솟아났고 나무들이 덩굴처럼 움직이며 차원의 문지기를 묶어버렸다.

차원의 문지기는 몸을 움직이려고 했지만 꼼짝도 할 수 없었다. 드래곤의 거대한 몸이 빠른 속도로 달려들어 차원의 문지기에 부딪쳤다.

콰득!

차원의 문지기가 그대로 터져 버렸다. 단단한 내구도를 무시하는 엄청난 근력이었다. 보스 몬스터가 허무하게 죽으며 마물의 숲 토벌이 끝났다.

거대한 드래곤의 몸집이 작아지며 인간 형태의 모습으로 변했다.

에르소나가 기억하는 신성의 모습이다.

"블랙 울프들이 몰려옵니다!"

"어서 대응을……!"

드래곤의 여파로 진형이 제대로 갖춰지지 않았다. 블랙 울프는 레벨 100에 이른 강력한 몬스터이기에 진형을 잘 짜서 상대해야 했다. 그렇게 상대하며 이곳까지 도달한 것이다. 블랙 울프들은 중형이고 정예 몬스터였다.

엘프들이 무기를 들며 잔뜩 긴장하고 있었지만 블랙 울프들은 엘프들을 무심하게 스쳐 지나갈 뿐이다. 그러고는 가만히 서 있는 신성에게 다가갔다.

"아……!"

"블랙 울프가……."

신성이 손을 뻗자 그의 손을 핥더니 배를 까고 애교를 부리기 시작했다. 신성이 진한 미소를 지으며 배를 쓰다듬어 주었다.

그런 광경에 엘프들이 모두 놀라며 들고 있던 무기를 내려놓았다.

"부럽다……."

에르소나 옆에 있던 하이엘프 부관이 말을 내뱉고는 얼굴을 붉혔다. 에르소나는 자신의 배에 손을 올려놓고 있는 엘프들도 볼 수 있었다.

에르소나의 발밑에 있던 나무의 정령이 한숨을 쉬며 고개를 저었다.

[이래서 엘프들이란… 쯧쯧, 발랑 까져가지고.]

정령의 말이 에르소나의 귀에 들려왔다.

*   *   *

신성은 차원의 문지기를 말 그대로 박살 냈다. 거대한 나무 덩굴에 묶여 꼼짝도 하지 못하는 차원의 문지기를 코뿔소처럼 돌진하여 박살 냈다. 빛나는 핵을 중심으로 하여 다시 뭉치려고 했지만 신성의 거대한 손이 그것을 간단하게 부수었다.

엘브라스의 권능으로 변한 지청룡은 발이 땅에 붙어 있다면 엄청난 힘을 발휘하게 해주었다.

[A+] 대지의 힘

엘브라스의 권능이 발현되어 얻은 힘.

지청룡으로 속성 변환을 한 상태에서 땅에 발을 딛고 있다면 내구력과 근력이 35% 증가한다. 드래곤이 성장할수록 증가

한다.

그러나 민첩성이 30% 하락한다.

아무래도 강한 드래곤의 근력에 35%가 증가하니 폭발적인 위력을 발휘할 수 있게 해주었다. 전체적으로 둔해진 느낌이 들었지만 엄청난 근력을 지니고 있으니 때릴 맛이 났다. 내구력마저 강했으니 방어는 그다지 필요가 없었다.

몸을 휘두를 때마다 나무가 날려가고 땅이 파였다. 주변에 있던 문지기의 부하들은 그야말로 벽이 되어 사라졌다.

이것이 바로 종족의 차이였다. 에르소나가 신성과 같은 레벨이 되더라도 차원의 문지기를 단독으로 잡을 수는 없을 것이다. 그것은 스탯과 능력의 한계가 있기 때문이다.

1차 각성 이전에는 비슷했지만 지금은 능력의 차이가 존재했다.

'그리고 그 차이는 갈수록 벌어질 거야. 성장에는 한계가 있으니까.'

레벨이 계속 올라가고 마지막 각성을 하게 되면 상위 종족이라고 하더라도 자기가 추구하던 능력에 모두 도달할 수 있었다. 한계가 명확했기에 그 이후로부터는 다른 능력에 눈을 돌려야 했다.

엘프는 민첩과 정신력에, 드워프는 근력과 내구 쪽에 편중

되어 있어 다른 능력치의 한계치는 상당히 낮은 편이었다.

그러나 휴먼족은 균등했다.

신성이 휴먼족의 가능성을 본 것은 바로 스탯의 한계 때문이었다. 휴먼족은 능력치와 스탯이 엘프보다 낮았지만 모든 스탯의 한계치가 균등한 편이었다. 비록 스탯이 낮더라도 다른 스탯을 그만큼 올렸을 때 나오는 파괴력은 대단했다.

'그러니 장비발로 커버가 가능했지.'

신성은 랭킹 1위에 이르기까지 모든 스탯을 균등하게 한계치까지 올렸다. 칼과 지팡이를 동시에 쓰는 등 파격적인 아이템 기용을 보여주기도 하였다.

지금 중요한 것은 신성이 그 한계가 어디까지인지 모르는 드래곤이 되었다는 점이다.

부여되는 스탯도 많을뿐더러 성장 한계가 도저히 짐작되지 않았다. 게다가 용의 재능이 있으므로 정신력이나 기교, 지혜 방면의 스탯은 필요가 없었다. 그야말로 미친 듯이 강해지고 있었다.

신성은 속성 변환을 끝내며 인간형으로 변했다. 엘프의 모습이었는데 엘브라스의 권능과 상성이 무척이나 좋아 마음에 들었다. 마족의 모습은 암흑룡과 상성이 좋았으니 다른 속성은 차근차근 찾아볼 생각이다.

[축하합니다!]

[차원의 문지기를 처치해 차원의 핵을 획득하였습니다.]

[마물의 숲 토벌이 완료되었습니다.]

[기여도에 따라 보상이 결정됩니다.]

신성의 기여도 보상 순위는 높지 않았다. 그래도 보스 몬스터를 처치했기에 순위는 꽤 괜찮은 편이었다. 신성은 어차피 순위 따위에 신경 쓰지 않았다.

그것보다 특별 보상으로 받은 차원의 핵이 중요했다. 신성은 손에 들린 푸른 보석을 바라보았다. 보석의 주변에 아름다운 기류가 흐르고 있었다.

신성의 드래곤 하트가 두근거렸다. 드래곤의 권능이 발현되며 차원의 핵에 깃들었다.

신성이 예상하지 못한 일이었다.

[지배의 힘이 발현되었습니다.]

*차원의 핵→지배의 핵

[B+] 지배의 핵

차원력과 드래곤의 권능이 담겨 있는 핵.

본래 차원의 핵은 어비스 차원에서 자신의 영토를 바로 가질

수 있게 해주고 차원의 핵이 심어진 곳을 중심으로 초급 영지를 부여해 준다. 그러나 드래곤의 권능이 담긴 지배의 핵은 다른 영지를 굴복시켜 흡수할 힘을 지니고 있다.

차원의 핵에 드래곤의 권능이 깃드니 이런 결과가 탄생하였다. 에르소나가 얻었다면 고작 초급 영지밖에 획득할 수 없었을 것이다. 초급 영지는 부피가 작고 주거지를 구축하는 것이 고작이었다.

물론 시간과 자금, 노동력이 꽤 들었지만 차원의 핵 없이도 영지를 획득할 수 있었다. 하지만 아무리 짧아도 6개월 이상은 걸리니 상당한 시간을 낭비하게 되는 것이다.

신성이 차원의 핵을 노린 것은 좀 더 빠르게 영지를 확보하여 성장시키기 위함이다.

그런데 더 좋은 기회가 찾아왔다.

'이렇게 되면 굳이 초반부터 시작할 필요가 없지.'

이 지배의 핵으로 몬스터의 영지를 빼앗을 수 있었다. 물론 굴복시켜야 한다는 전제가 따랐지만 말이다. 어비스 차원은 상상 이상으로 강한 몬스터들이 집단을 이루어 생활하고 있으니 신성이라고 해도 방심할 수 없었다. 사막 오크가 살던 사막처럼 레벨이 낮은 지역도 있었지만 차원의 문이 있는 지역은 대부분 레벨이 높았다.

'마족은 어비스를 침공한 역사가 있지.'

설정이었지만 아마 그것도 현실화되었을 것이다. 마족들도 몰살당하고 가장 강력하던 마왕이 직접 차원의 문을 폐쇄했다는 전설이 전해져 왔다. 사막의 유적들도 아마 그때 생겼을 것이다.

신성은 인벤토리에 지배의 핵을 넣었다. 주변을 바라보니 지청룡의 힘으로 탄생한 정령들이 나무를 심고 있었다.

[안녕! 드래곤!]

[안녕!]

[나무를 심을 거야.]

열심히 나무를 심고 있는 정령들을 지나자 거대한 늑대들이 등장했다. 적의가 느껴지지 않았다.

신성을 보며 작게 으르렁거렸는데 마치 숲을 남겨달라고 청원하는 듯했다. 그 마음을 신성은 느낄 수 있었다. 남겨놓는 것도 나쁘지 않을 것 같았다. 블랙 울프는 여러모로 이용가치가 있었다.

마물의 숲에서 나무의 정령들이 활발하게 활동한다면 마물의 숲은 사라지지 않고 좀 더 푸르게 유지될 것이다. 물론 그렇게 해주는 대신 대가를 받을 생각이다.

"이곳에 오는 사람들을 태워준다면 허락해 주지. 물론 마력 코인을 받아야 한다. 이곳에서 나오는 보물도 꾸준히 모아서

바치고."

그렇게 말하며 손을 뻗자 가장 큰 늑대가 배를 까고 애교를 떨었다. 신성은 피식 웃으며 배를 문질러 주었다.

[블랙 울프가 굴복하였습니다.]
*블랙 울프가 아군으로 표시됩니다. 당신의 뜻을 따라 이곳을 찾아오는 이들을 호의로 대할 것입니다.
*블랙 울프가 숲을 꾸준히 탐사하여 보물을 모아 바칠 것입니다.

블랙 울프는 탈것으로 유용할 것 같았다.

[에르소나의 호감도가 7% 상승하였습니다.]
[에르소나가 자제력을 발휘해 호감도가 5% 하락하였습니다.]

멀리서 에르소나가 자신을 바라보고 있는 것이 느껴졌다. 그녀뿐만 아니라 다른 엘프들도 마찬가지였다.

신성은 드래곤의 눈으로 에르소나를 바라보았다.

121Lv(광렙 중)
이름 : 에르소나

성향 : 실버, 선

성별 : 여

신앙 : ─

종족 : 하이엘프

호감도 : 51%(애증)

[세부 프로필 자세히 보기]

엘프 여왕 엘레나와 같은 순혈의 하이엘프.

오히려 엘레나보다 더 많은 권력을 지녔다는 것이 주변의 평가이다. 그러나 엘레나를 상당히 아끼고 있으며 여동생처럼 생각한다. 과거에 같이 활동하던 김수정이 친언니처럼 그녀를 챙겨주었기 때문인지도 모른다. 고아 출신으로 노력하여 세계 최고의 명문대에 입학한 그녀는 현실의 차가움을 누구보다도 잘 알고 있다.

아무렇지도 않게 자신을 박살 내고 방해한 이신성을 싫어하도록 노력하고 있다. 방 안에 이신성의 사진을 걸어놓고 매일 단검 던지기를 하여 마음을 다스린다.

늘 냉정하고 이성적인 성격이지만 의외로 귀신, 공포 영화 같은 것에는 약한 편.

엘프들 사이에서 로맨스 소설이 유행하자 그녀도 은근슬쩍 본 일이 있다. 그녀가 '수호룡과 엘프의 사랑'의 독자인 것은 누구도 모른다.

시각적인 것보다 향기에 약하며 경험해 보지 못한 로맨스에 약하다. 충분히 시간을 들인다면 공략할 수 있을 것이다.

[조언]

*엘브라스의 의지가 에르소나 공략을 추천합니다. 그녀만큼 핫한 엘프는 없습니다.

*나무의 정령들이 에르소나 공략을 반대합니다. 이상하고 미련한 엘프라고 생각합니다.

*세계수의 정령은 이 일에 관해 관심이 없습니다. 마력 코인을 버느라 바쁩니다.

*여신 루나(반려신)가 질투할 수 있습니다. 그야말로 스릴 만점! 아슬아슬하게 균형을 유지하세요!

(조언 더 보기)

"……."

곧이어 정보창 하나가 더 떠올랐다.

[S] 에르소나를 함락시키자

에르소나의 얼어붙은 마음을 녹이고 그녀를 품에 안는다면 그것이야말로 기적일 것이다. 함락의 신이 도전할 만한 과제임에는 틀림없다.

그녀의 마음을 위로해 주도록 하자.

목표 : 호감도 100% 달성

보상 : 악신의 권능(랜덤)

퀘스트 창은 무시했다. 함락이라는 속성은 그가 원한 것도 아니고 그다지 필요를 느끼지 못하는 것이다.

신성은 정보를 본 것을 후회했다. 어쨌든 퀘스트가 떠올랐으니 신경이 쓰였기 때문이다.

에르소나는 빠르게 상황을 정리하고 주변을 수습하고 있었다.

신성은 정보창을 닫고 어비스로 통하는 차원의 문을 바라보았다. 포탈보다 밝은 빛을 뿜어내고 있었다.

'드디어 어비스로군.'

그동안 있던 일들이 머릿속을 스쳐 지나갔다.

여기까지 오는 데 우여곡절이 많았다. 지금까지는 대책 없이 두드려 맞았지만 앞으로는 다를 것이다.

조금 시간이 흐르자 에르소나가 하이엘프들을 대동하고 신성에게 다가왔다. 에르소나는 신성에게 도와줘서 고맙다는 말은 하지 않았다. 그가 원하는 것을 획득했음을 알았기 때문이다.

대미지를 그다지 입지 않은 보스를 압살한 것이니 막타를 노렸다고 보기에는 힘들었다.

"어비스, 그 입구로군요."

"지금 들어갈 건가?"

"지금은 무리입니다. 좀 더 준비해야겠지요."

그만큼 어비스는 위험했다. 과거 어비스를 처음 발견한 선발대의 처참한 죽음은 꽤 유명한 이야기였다.

에르소나는 힐끔 신성을 바라보았다.

"엘프의… 모습이군요."

"숲에서는 이 모습이 편하더군."

"…보기 좋은 모습은 아닌 것 같습니다. 그 모습으로 소란을 피우지 마십시오."

그렇게 말하고 에르소나는 쿨하게 등을 돌리며 휘파람으로 사슴을 불렀다.

사슴이 에르소나에게 달려오다가 갑자기 방향을 틀더니 신성의 앞으로 왔다. 그녀는 사슴 위에 올라타려다 실패하고는 그대로 멈칫했다.

에르소나는 고개를 돌려 눈을 깜빡이며 사슴을 바라보았다.

신성이 사슴을 쓰다듬어 주자 손에 얼굴을 비비며 좋아했다.

"자, 가라."

신성이 사슴을 떠밀자 사슴은 아쉽다는 듯 신성을 바라보다가 에르소나에게 다가갔다. 에르소나가 빠르게 사슴에 위로 올라탔다. 신성과 눈을 마주치자 조금 민망한 듯 고개를 돌렸다.

"다음에 세이프리에 오면 차를 대접하도록 하지."

"사양하겠습니다. 그럴 필요 없습니다."

여전히 차가운 대답이다. 신성은 피식 웃고는 그녀에게 살짝 인사했다.

에르소나는 어비스 차원에 처음으로 들어가는 일을 신성에게 양보해 주었다. 아마 엘브라스의 도시 랭크를 두 단계나 올려준 보답인지도 몰랐다. 주는 것과 받는 것이 확실한 것이 그녀의 매력이기도 했다.

"…돌아간다."

에르소나의 명령에 엘프들이 사라지기 시작했다. 엘프들은 아쉽다는 눈으로 신성을 바라보다가 에르소나의 뒤를 따랐다.

드래곤의 눈으로 본 에르소나의 귀가 붉게 달아올라 있다.

자신 앞에서 그런 모습을 보이는 것이 어지간히도 싫은 모양이다. 예전부터 자존심이 강한 여인이었으니 이해가 되었다. 오죽하면 자신을 일대일로 이기기 위해 노출이 심한 갑옷을 입고 왔겠는가.

물론 그때 신성은 아이템발과 치사한 수법으로 승리했다. 눈에 흙을 뿌리는 것은 약과였고 몬스터를 끌고 와 그녀에게 상대하게 하는 등 악랄 그 자체였다.

'고렙 슬라임이 가득한 함정에 빠뜨렸을 때는… 날 현실에서 찾아내 죽인다고 했었지.'

에르소나가 자신을 견제하고 싫어하는 이유는 명확히 존재했다. 신성은 기본적으로 정정당당한 스타일이 아니었다. 지금에야 여유가 생겨 그런 사치를 부릴 수도 있지만 말이다.

[에르소나의 호감도가 2% 상승하였습니다.]

'…왜 오른 거지?'

아무튼 신성은 그녀와도 잘 지내고 싶었다. 세이프리가 추구하는 이상은 모두 행복하게 잘사는 것이다. 에르소나 같은 이도 있어야 더욱 다채롭게 발전해 나갈 수 있을 것이다.

"그럼 가볼까?"

신성은 어비스의 포탈을 향해 손을 뻗었다.

[어비스로 입장하시겠습니까?]

준비 없이 들어가는 것은 위험했지만 신성은 강한 자신감이 있었다. 몬스터가 떼를 지어 공격해 온다고 해도 그 자리를 벗어나기만 하면 문제가 없었다.

속성 변화를 써서 조금 지친 느낌이 있었지만 상관없었다.

인간형일 때 쓸 수 있는 드래곤 웨폰도 있으니 말이다.

신성은 어비스로 진입했다. 포탈 안에 있는 체감 시간은 상당히 길었는데 차원과 차원의 거리 때문이다. 포탈 밖으로 나오며 드디어 어비스에 발을 내디딜 수 있었다.

[최초로 어비스에 도착하였습니다.]

*보상으로 [A] 빛나는 경험치 버프 스크롤을 획득하였습니다.

[어비스에 진입하였습니다.]

*어비스에서는 하락하는 성향 수치가 매우 적습니다.

*주거지를 만들지 않는 이상 안전지대가 존재하지 않습니다.

*어비스는 안전하지 않은 대신 경험치와 보상이 좋습니다. 모험가에게는 기회의 땅이 되어줄 것입니다.

어비스는 그 이름답지 않게 환경이 무척이나 좋았다. 지구와 비교할 수 없을 정도로 공기가 맑고 상쾌했다. 주변에 마력도 풍부해 마법 효과도 꽤 좋을 것이다.

눈앞에 거대한 초원이 펼쳐져 있고 숲과 산맥, 그리고 하얀

구름이 보였다. 하늘은 푸른빛과 초록빛이 조화롭게 합쳐져 있었는데 진한 마력의 영향인 것 같았다.

고개를 들어 하늘을 보았다.

하늘에서 거대한 지구의 모습이 보였다. 달과는 비교할 수 없을 정도로 커다란 지구는 존재감을 과시하고 있었다. 반대편으로 지구보다 작은 마계의 행성이 보였다.

어비스가 중간 차원에 형성되어 있기에 보이는 것이다.

다른 행성에 온 것 같은 기분이 들었다. 우주를 여행하다가 홀로 착지한 우주비행사라도 된 것 같은 느낌이다.

정확히 말하자면 다른 행성보다 훨씬 먼 다른 차원이지만 말이다.

게임에서는 느껴보지 못한 감상이다.

"이제 정말 모험이네."

세이프리와 신루는 잘 돌아가고 있으니 신성은 모험을 즐겨보는 것도 좋을 것 같다고 생각했다.

어비스, 그 위대한 대지가 신성의 눈앞에 있다.

어비스 중심부는 어비스에서 가장 레벨이 높은 몬스터들이 살고 있었다. 그 중심부를 기점으로 하여 외곽에 이를수록 레벨이 낮아졌다. 마계로 가기 위해서는 중심부에 완전히 도달할 필요는 없었지만 돌아가는 것만으로도 상당히 위험했다.

그러나 신성은 자신 있었다.

어비스는 자신을 성장시키고 막강한 힘을 부여해 줄 것이다.

"그럼 어디부터 점령해 볼까?"

신성은 첫발자국을 내디뎠다.

이제 어비스 점령을 위한 기점을 세워야 했다.

CHAPTER 4

새로운 차원, 어비스I

루나는 요즘 몸이 무거운 것을 느꼈다.

처음으로 피로를 느끼고 갑자기 잠이 쏟아진 적도 있었다. 막대한 신성력으로 늘 최상의 몸을 유지하고 있었는데 이런 이상을 느끼니 당황스러웠다.

저주나 병에 걸렸다면 신성력이 이렇게 충만하지 않을 것이다. 지금 루나의 탑은 굉장히 밝게 빛나고 있었다.

잠시 고민하던 루나는 신성에게 연락하려 했지만 그가 현재 엘브라스에서 일하고 있다는 것을 깨닫고 하지 않았다.

"무슨 일 있으십니까?"

신전의 의자에 앉아 루나가 고개를 갸웃거리고 있는 것을 본 김갑진이 다가와 물었다.

루나는 잠시 망설이다가 입을 뗐다.

"몸이 조금 무거운 것 같아서요. 피곤하기도 하고요."

루나의 말에 김갑진의 표정이 급격히 굳어갔다. 루나의 몸에 이상이 생긴다면 세이프리의 존속이 위태로워진다. 그뿐만이 아니라 신관들도 제대로 된 힘을 쓰지 못할 것이다. 세이프리, 그리고 지구 차원에서도 큰 문제였다.

김갑진은 깊이 고민하기 시작했다.

힐링이나 큐어도 통하지 않으니 김갑진이 할 수 있는 일이 없었다.

"의사… 그러니까 신관은 저인데, 음……."

세이프리에는 의사가 없었다. 대신 신관들이 치료를 해주었다. 루나가 신성 마법 그 자체인데 그런 루나조차도 알 수 없다면 누가 치료를 해줘야 할까?

"쉬면 괜찮을 거예요."

"아닙니다! 큰 병으로 발전할 수도 있어요. 신이라고 병이 걸리지 않는다고 생각한 제가 어리석었습니다. 지금 당장 신성 님을 부르겠습니다."

루나가 김갑진의 팔을 잡았다.

"정확하게 판명될 때까지 비밀로 해줘요. 걱정하게 하고 싶지 않아요."

"하지만… 아, 알겠습니다."

루나의 진지한 눈동자를 바라본 김갑진은 고개를 끄덕일 수밖에 없었다. 김갑진은 비밀리에 비상대책회의를 소집했다.

사르키오와 김수정, 그리고 세이프리의 주요 직책을 가진 이들이 신전의 비밀 장소에 모두 모였다. 심각한 분위기에 루나가 어색한 표정을 지으며 앉아 있다.

"김갑진 님도 원인을 모르신다니 큰일이군요."

"음, 심각한 일이군요. 각하께서 아시게 되면……."

김수정의 말에 생산 분야를 담당하고 있는 드워프가 말하자 김갑진을 포함한 모두의 표정이 굳어졌다.

신성은 기본적으로 자상한 성격이다. 마력 코인을 밝히기는 하지만 대부분이 세이프리를 위해서였고 또 번 만큼 베풀어 주었다. 자신의 사람에게는 무척이나 관대했다.

그러나 휴먼족의 길드가 세이프리에게 전쟁을 선포했을 당시 그가 보여준 분노를 떠올려 본다면 큰 재앙이 닥칠 수도 있었다.

"지구의 박테리아나 바이러스가 침입했을 가능성이 있지 않겠습니까? 신이라 할지라도 처음 접하게 된다면 문제가 있을 수 있겠지요."

"오염된 환경 때문일지도 모릅니다."

"음, 현재 서울의 오염은 거의 존재하지 않습니다. 그건 아닌 것 같군요."

이런저런 말들이 끝없이 이어졌다. 대화를 들으며 가만히 앉아 있던 사르키오가 굳은 표정의 루나를 바라보았다.

"혹시 냄새에 민감해지거나 구토 증상이 있으신지요?"

"네? 아, 그, 음, 그런 것 같아요."

"열이 나거나 감정 기복이 심해진 적이 있으십니까?"

"그런 것도 같기도 하고……."

사르키오가 고개를 끄덕였다. 모두가 사르키오를 바라보았다. 그가 병의 원인을 찾은 것 같았기 때문이다. 사르키오가 일어나 루나에게 다가갔다.

"잠시 실례하겠습니다."

"네. 아, 알았어요."

사르키오가 조용히 마법을 펼쳤다. 그가 평소 사용하는 마법과는 달랐다. 치료 계열 쪽도 아니었다. 작은 규모의 마을에서 치료사들이 자주 사용하는 마법이었다.

사르키오가 조용히 손을 내렸다.

"허, 허허허허!"

"사르키오 님?"

사르키오가 크게 웃기 시작하자 루나를 포함한 모두가 당황했다.

"원인을 발견하셨습니까?"

김갑진이 자리에서 일어나 사르키오를 바라보며 다급히 말했다. 세이프리의 존망이 걸려 있는 만큼 빨리 대처해야 했다. 그리고 신성에게 알리는 일도 극히 조심스럽게 진행해야만 했다. 드래곤이 한 번 미치게 되면 엄청난 재앙이 나타난다는 것은 아르케디아 설정에도 잘 나타나 있었다.

"걱정할 것 없습니다. 영양이 풍부한 음식을 많이 드시고 좋은 생각을 하면서 지내시면 됩니다."

"네?"

루나가 의문이 가득한 눈으로 바라보자 사르키오는 다시 인자한 미소를 지었다. 모두가 사르키오에게 속 시원하게 말해보라는 표정을 지었다.

"아이가 생기셨습니다."

사르키오의 말에 모두의 눈동자가 커졌다. 루나도 눈을 동그랗게 뜬 채 사르키오를 바라보았다. 김갑진은 벌어진 입을 다물지 못하고 있다가 다시 의자에 털썩 주저앉았다.

"하, 하하! 그, 그렇군! 그런 것이었어! 그래서 신성 마법이 오히려 잡아먹힌 것인가?"

"와아! 축하드립니다."

"오오! 이런 경사가!"

김갑진과 다른 이들이 외쳤다.

김수정이 루나에게 다가왔다.

"집으로 모셔다 드리겠습니다."

"아, 응. 그… 있잖아."

"알겠습니다. 마스터께는 당분간 비밀로 하지요. 깜짝 놀라시는 모습을 저도 보고 싶군요."

루나와 김수정이 서로를 보며 웃었다.

"그럼 오늘을 축제일로 지정하는 것이 어떻습니까?"

"허허, 그것도 좋은 생각이지요."

"각하께서 아시기 전까지는 일단 비밀로 해둡시다! 하하! 세간에서는 아직 각하와 루나 님의 사이를 모르니 이 일이 알려지면 분명 엄청나겠지요!"

굳어 있던 분위기가 사라졌다.

루나는 자신의 배를 쓰다듬으며 행복한 미소를 그렸다.

*　　　　*　　　　*

신성은 차원의 문 앞에서 일단 루나에게 연락했다.

당분간 외박을 해야 하기 때문이다. 어비스 차원이 아르케디아 온라인과 같은지 확인하는 것이 우선이고 그다음은 영지를 확보해야 했다. 그 과정에서 레벨 업이나 득템을 하면 더 좋고 말이다.

신성을 제외한 다른 이들이 지금 어비스로 넘어오는 것은 위험했다. 영지를 만들고 부활석을 설치하기 전까지는 말이다.

[빨리 오세요! 기다릴게요!]

루나는 신성에게 오고 싶어 하면서도 이해해 주었다. 무언가 기분 좋은 일이 있는지 그녀의 문자에서 활기가 느껴졌다.

김수정도 세이프리에 있으니 외롭지 않고 잘 지낼 것이다. 다음으로 김갑진에게 연락했다. 세이프리의 2인자로서 신성의 업무를 대신 처리해 줘야 했다.

신성은 요즘 큰 계획이나 중요한 안건을 제외하고는 김갑진에게 모두 넘길 생각을 하고 있었다. 김갑진도 자신의 밑에 부서를 만들어 업무를 체계화하기 시작했는데, 보다 효율적이고 확실한 운영이 가능해졌다.

집무실에 앉아 있는 것보다 이렇게 모험을 하는 것이 훨씬 좋았다.

[영지를 확보하시면 바로 사람들을 파견하겠습니다. 세이프리의 드워프들에게 살짝 말해놓았는데 모두 새로운 차원에 대한 흥미가 대단했습니다. 주거지를 세우는 데 큰 도움을 줄 겁니다.]

ㅡ알겠어.

[기왕이면 지구에는 없는 자원이 있는 곳 근처였으면 좋겠습니다. 오리하르콘이라든가, 최상급 마정석 광산이라든가, 뭐 그런 거요.]

새로운 차원, 어비스 I 147

—그건 어비스 중심에 가야 있을걸.

[드래곤이니 어떻게든 하실 수 있지 않겠습니까? 슬슬 수입도 안정되어 가고 있고 새로운 사업을 추진해야 할 때입니다. 신성 님께서도 앞으로 돈을 더 버셔야 할 것 같은데요.]

—무슨 말이야?

[아무것도 아닙니다. 돈은 많을수록 좋지 않겠습니까?]

신성은 팔찌에 떠오른 김갑진의 문자를 보며 피식 웃었다.

김갑진의 사업적 역량은 대단했다. 지구에 판매되고 있는 마력 식품은 없어서 못 팔 지경이었다. 마력 식품을 만들고 지구의 기업에서 포장부터 판매까지 모두 담당해 주었다. 그렇게 모은 지구의 돈으로 전문가를 고용해 공격적인 투자를 하고 있었다.

[아무튼 좋은 소식 부탁드립니다.]

김갑진과의 대화가 끝났다. 문자를 보내는 와중에도 일을 하고 있는 모양이다.

'자원이라……'

김갑진이 말한 그러한 자원은 던전에 없는 것이다.

오직 어비스에만 존재하는 고급 자원이기에 아르케디아 온라인에서 많은 쟁탈전이 일어났다. 특히 오리하르콘이나 최상급 마정석 광산은 어비스 중심에 있었는데 그 가치가 어마어마했다.

고랭크의 아이템을 만드는 데 들어갔고 잘만 제조하면 레전드급 무기 역시 만들 수 있었다.

마족뿐만 아니라 많은 길드가 자원을 놓고 싸웠다. 욕망 앞에서는 그 어떤 협약도, 동맹도 소용없었다.

신성은 그 일이 과연 현실이 된 지금에도 일어날까 생각해 보았다.

충분히 가능한 이야기였다.

비르딕이 멸망하긴 했지만 많은 휴먼족이 소도시로 들어가 길드를 창성하고 재기의 꿈을 노리고 있었다. 수인족과 드워프도 마찬가지였다.

아르케디아 온라인에서는 그렇지 않았지만 마족들도 마찬가지일 것이다.

트리시가 전해준 정보에 따르면 마계는 현재 세력별로 싸움이 활발하게 일어나고 있었다.

기회의 땅, 하지만 그 이면은 탐욕과 욕망의 땅인 곳이 바로 어비스였다.

'탐욕의 신에게 어울리는 곳이지.'

마족들도 슬슬 어비스 차원으로 넘어오는 중일 것이다. 트리시가 속해 있던 세력 역시 차원의 문을 두고 전투를 벌였으니 최고위 마족이나 마왕 같은 경우에는 별 피해 없이 어비스로 진출했을 가능성이 있었다.

생각을 정리한 신성은 차원의 문을 바라보았다. 차원의 문 주변에는 많은 몬스터가 자리 잡고 있었기에 마족이 발견하기까지는 꽤 시간이 걸릴 것이다.

이곳이 마족에게 넘어가서는 절대로 안 된다.

[가려져라.]

용언을 사용하자 차원의 문이 투명해졌다. 드래곤의 눈에는 보였지만 다른 종족의 눈에는 보이지 않을 것이다. 신성이 감당하기 벅찬 권능이 아니라면 마법적인 능력은 대부분 용언으로 구현할 수 있었다.

신성은 차원의 문이 있는 곳에서 떨어졌다. 몇 걸음 걸어가자 모험가 팔찌가 지지직거렸다.

[통신 두절.]

마력 통신 시설을 세우지 않는 이상 어비스에서는 아르케넷, 그리고 통신 이용이 불가능했다. 차원의 문 근처에 있었기에 그럭저럭 통신이 가능했던 것이다.

다른 기능은 다 작동하고 있으니 정보 수집에는 문제가 없었다.

"일단 가보자."

넓은 초원이 마음에 들었다. 지구뿐만 아니라 던전에서도 좀처럼 볼 수 없는 초원이다. 신성의 몸통만 한 꽃들이 가득했고 커다란 벌들과 나비가 날아다녔다. 레벨은 70을 넘어가고 있는 몬스터라 불릴 만한 녀석들이었지만 비선공 몬스터라 건들지 않으면 공격하지 않았다.

나비는 아름다웠다. 새의 몸통에 나비의 날개를 달고 있어 벌레라고 보기는 힘들었고 전혀 혐오감이 들지 않았다. 날갯짓을 할 때마다 가루를 뿌리고 있었는데 여러 가지로 쓰임이 많은 재료였다.

예민한 몬스터라 누군가 다가가면 날아갔지만 엘브라스의 권능 때문인지 신성이 쓰다듬고 있음에도 가만히 있었다.

신성이 인벤토리에서 포션을 꺼내고 내용물을 버렸다. 그리고 포션 병을 내밀자 나비가 날아오더니 자신의 날개에 있는 가루를 털어주었다. 밝은 빛으로 빛나고 있는 포션 병을 바라볼 때였다.

'루나에게 어울리는 빛깔이야.'

기념품으로 가져다 주면 좋아할 것 같았다. 나비의 가루는 신비한 화장품의 원료로도 쓰였다. 입욕제로도 쓰였는데 무지갯빛으로 빛나는 거품을 만들어낼 수 있었다.

'나비를 드래곤 레어의 숲에 키운다면……'

역시 마지막은 돈으로 귀결되었다.

휘이이익!

신성이 잠시 생각에 빠져 있을 때 나비를 스치고 지나가는 독화살이 있었다. 나비가 화들짝 놀라며 저 멀리 날아갔다.

팅!

나비를 노린 것이 아니었다.

신성의 마력 스킨에 부딪쳐 떨어진 것을 보면 정확히 신성을 노린 것이었다. 차원의 문 근처에 서식하고 있는 몬스터가 틀림없었다.

성가신 대형 몬스터는 아니었다.

"나왔군."

신성은 주변을 바라보았다. 드래곤의 눈에 신성을 포위한 많은 몬스터가 보였다. 신성보다 작은 크기의 소형 몬스터였는데 대단히 날렵해 보였다.

고블린만큼이나 못생긴 외모를 지니고 있었다.

140Lv

[C+] 광산 임프(정예)

상태 : 배부름, 발정

신앙 : —

호감도 : 0%(적)

광산에 사는 사악한 임프.

광물을 먹고사는 임프는 광맥을 말라 버리게 하는 사악한 몬스터이다. 임프가 사는 광산은 쓸모없는 돌덩이만 남을 뿐이다. 지능이 상당히 좋으며 부족 생활을 하고 있기 때문에 함부로 건드렸다가는 벌집을 쑤신 꼴이 될 수 있다.

광산 임프는 좋은 광물을 먹을수록 레벨이 올라가고 번식력이 강해지는 특성이 있다.

드롭 아이템 : 차원의 가루, [C+] 임프의 곡괭이, [C+] 광물 간식.

악신의 눈을 얻어서인지 좀 더 자세히 임프를 파악할 수 있었다. 모험가 팔찌와도 연동되니 상당히 편리했다.

임프가 드롭하는 차원의 가루는 차원의 핵을 만드는 데 쓰였는데 엄청난 양이 들어갔기에 한두 개로는 어림도 없었다.

'140레벨짜리가 30마리라…….'

차원의 문 주변에는 200레벨이 넘는 몬스터들이 존재했다. 드래곤의 힘을 이용하여 잡을 수는 있겠지만 문제는 집단을 이루고 있을지도 모른다는 점이다.

다행히 지금 찾아온 임프들은 신성이 신경 쓸 만한 몬스터가 아니었다. 그렇다고 하더라도 보통 홀로 이런 상황에 부닥치게 되면 도망쳐야 한다.

하지만 신성의 눈에는 모두 경험치 덩어리로 보였다.

"키킥! 남자는 죽여!"

"쓸모없어! 키킥!"

"여자는 없어?"

신성은 피식 웃었다.

암흑 마력이 주변으로 흘러나오기 시작했다. 어비스에 존재하는 맑은 마력이 타락하며 어둠으로 물들었다.

임프들이 흠칫 놀라며 독화살을 마구 쏘아댔다. 해독약이 없다면 1분 안에 죽을 정도의 극독이었지만 맞지 않으면 소용이 없었다.

마력 스킨 앞에서 독침은 무력했다.

공간이 일그러지며 거대한 낫을 든 해골이 등장했다. 신성의 움직임에 맞춰 낫이 흔들렸다. 낫에서 요사스러운 비명이 들렸다. 죽음의 군주가 거둔 영혼의 울부짖음이었다.

영혼을 거두는 힘이 있다는 것은 알고 있었지만 몬스터에게 어떻게 적용되는지 궁금했다. 신성이 손을 휘두르자 거대한 낫이 휘둘러졌다. 정면에 길게 뻗어 있던 풀이 모조리 날려가고 초승달 모양으로 풀과 대지가 썩기 시작했다.

"…키……."

"……."

임프들이 굳으며 무기를 떨어뜨렸다. 그러다가 서로 눈치를 보더니 등을 돌리고 도망치기 시작했다.

신성은 저들을 놔줄 생각이 전혀 없었다. 루나가 곁에 없다면 신성에게 자비를 기대하기 어려웠다. 신성의 몸이 튕겨지듯 앞으로 나아갔다. 드래곤이 되면서 상승한 근력은 인간형일 때도 큰 영향을 주고 있었다. 순식간에 임프들을 따라잡아 그대로 베어버렸다. 거대한 낫이 마치 추수를 하듯 임프의 몸을 갈라 버렸다.

임프들이 발악하며 저항했지만 소용없었다.

[광산 임프의 영혼 : 30/100]
[수확한 영혼으로 영혼석을 만들어 어둠의 광산 임프를 만들 수 있습니다.]

신성은 고개를 끄덕였다. 몬스터 수집이 한결 쉬워졌기 때문이다.

지금까지는 비싼 테이밍 코인을 이용하거나 던전을 공략하여 던전의 수호자를 굴복시켜야만 몬스터 수집이 되었다. 테이밍 코인으로 일반이나 정예 몬스터를 수집하기는 아까웠다.

이 낫만 있다면 일반 몬스터도 쉽게 만들어낼 수 있었다.

신성이 손을 휘젓자 낫이 사라지며 주변의 어둠이 물러갔다. 경험치는 짭짤했다. 지구의 던전과는 비교가 되지 않았다.

"응?"

신성은 임프가 남긴 아이템을 바라보다가 깜짝 놀랐다. 임프들이 가지고 있는 광물 간식 때문이다.

[A] 미스릴 가루 간식

위대한 대장장이에게서 훔친 도구를 이용하여 깎은 미스릴 가루. 임프들은 보통 물에 타 먹거나 고기에 뿌려 먹는다.

"미친……."

미스릴이었다. 어떤 방법을 쓴 것인지는 정확히 모르지만 무려 미스릴을 가루로 만들어 먹고 있었다. 미스릴 가루가 든 주머니가 열 개가 넘었다. 마력 황금보다 훨씬 비싼, 아주 희귀한 금속을 처먹고 있으니 신성은 황당했다.

'그렇다는 말은…….'

임프들이 살고 있는 곳이 미스릴 광산이라는 말이다. 오리하르콘보다는 아니지만 최고의 재료 중 하나라는 것은 부인할 수 없는 사실이다. 비록 미스릴을 제대로 다루는 대장장이가 드물기는 하지만 말이다. 아르케디아 온라인에서도 몇 없었고 지금은 아마 존재하지 않을 것이다.

하지만 값어치는 대단히 높았다.

연금술사와 대장장이들에게 꿈의 금속이라 불리고 있었다.

레어를 미스릴로 도배해 버리면 어떤 기분일까?

미스릴 식기, 미스릴 컵, 미스릴 책상…….

분명 환상적일 것이다.

엘브라스에서 순혈의 엘프들만 입을 수 있는 방어구는 미스릴로 제작되었는데 미스릴이 부족해서 그렇게 노출이 심하다는 설이 유력했다.

신성은 마도병기로 미스릴 골렘을 만드는 것에까지 생각이 이르렀다.

'놈들이 다 처먹었으면 어떡하지?'

드워프들이 알았다면 화가 머리끝까지 치솟아 쓰러졌을 것이다. 임프는 식탐으로 유명해서 불안해진 신성이다. 이미 신성은 광산을 자기 것으로 생각하고 있었다.

신성은 흥분되는 것을 느꼈다. 김갑진이 오리하르콘이라도 발견하라고 농담으로 말한 것이 기억났다. 그 정도는 아니지만 무려 미스릴 광산이 있을지도 모른다.

아르케디아 온라인에서는 미스릴이 있었을 것으로 추정되는 폐광산만 남아 있었다. 오리하르콘은 보스 몬스터들이 지키고 있으니 손상이 없었지만 미스릴 광산은 아니었다.

'어비스로 진입한 시간대가 더 빨랐나 보군. 원흉은 광산 임프들이었어.'

어비스 차원이 뚫렸을 때 선발대를 죽인 것도 임프였다. 그 엄청난 숫자가 드디어 이해가 된 신성이다.

*　　　*　　　*

신성은 광산 임프들을 찾아다녔다.

본체로 변하지는 않았는데 주변 몬스터들에게 어그로가 끌린다면 광산을 찾는 활동에 차질이 생길 가능성이 있어서였다. 레벨이 낮은 놈들은 신성을 보며 덜덜 떨겠지만 그렇지 않은 놈들은 덤벼들 것이 분명했다. 발견한 광산 주변에라도 몰려든다면 난감해질 우려 또한 있었다.

임프들을 찾으러 용언을 남발하다 보니 드래곤 하트가 금세 바닥이 나고 머리가 아팠지만 참아냈다. 미스릴을 위해서라면 이 정도는 참아낼 수 있었다.

생각보다 멀리 있는 것 같았다. 나아갈수록 주변 몬스터들의 레벨이 높아졌다. 140레벨 정도로 차원의 문까지 온 것을 보면 방금 그놈들은 아마 정찰병인 것 같았다.

어비스 안으로 꽤 들어오자 신성은 천천히 수색할 수밖에 없었다. 신중하게 맵핑을 하며 주변에 서식하는 몬스터들을 기록했다. 250레벨이 넘어가는 대형 몬스터가 잠들어 있는 사원도 있었고, 어비스 중심부에나 있을 몬스터들도 가끔 보였다. 레벨 차이가 심하니 상대하는 것이 대단히 부담스러웠다.

과연 어비스라는 이름답게 몬스터의 천국이었다. 이러니 마족들도 고전할 수밖에 없는 것이다. 아르케디아 온라인에서도 어비스가 점령당한 적은 단 한 번도 없었다.

분명 어비스에서 많은 것을 얻을 수 있었지만 그만큼 희생이 따랐다.

'찾았다.'

신성은 드디어 임프들을 발견했다.

비교적 레벨이 높은 광산 임프들이 전투를 치르고 있었는데, 거대한 초록 몸체를 가진 오우거를 공격하고 있었다. 오우거의 거대한 방망이에 여러 임프들이 단번에 작살났지만 임프들은 성난 불개미처럼 달려들었다.

오우거의 상황이 훨씬 안 좋았다. 임프들의 숫자가 너무 많았다. 날카로운 창에 수십 방을 찔려 숨이 넘어가기 직전이었다. 오우거가 힘이 빠졌는지 바닥에 털썩 주저앉았다.

'오우거!'

200레벨이 넘어가는 오우거를 공짜로 잡을 기회였다. 보스 몬스터이니 다 죽어가는 상태이더라도 큰 경험치를 줄 것이 틀림없었다.

막타와 미스릴의 광산.

너무나 운이 좋은 날이었다. 그동안 모험을 할 때마다 일이 꼬였지만 오늘은 그렇지 않았다. 왜인지 앞으로도 일이 잘 풀릴 것 같은 강한 예감이 들었다.

어비스는 그야말로 기회의 땅이었다.

신성은 드래곤 웨폰을 꺼내 들었다. 거대한 본체로 깔아뭉개는 것보다는 인간형으로 적을 쓸어버리는 것이 신성의 취향이다. 드래곤 웨폰이 있으면 굳이 번거롭게 본체로 변할 필요가 없었다. 광산 임프가 오우거의 숨통을 끊어버리려는 순간이다.

"파이어 에로우."

불꽃의 화살이 날아가 광산 임프의 머리에 꽂혔다. 광산 임프의 머리가 꺾이며 옆으로 크게 날려갔다. 드래곤 하트의 순수한 마력에서 나오는 마법은 그 위력이 대단했다.

빠르게 돌진한 신성이 전장에 난입했다. 거대한 낫을 휘두르며 주변의 임프들을 날려 버렸다.

서걱!

어둠 속성의 저항력을 지니고 있지 않다면 방어 따위는 무의미했다. 날붙이나 방어구를 치켜들며 막으려 했지만 낫은 마치 연기라도 되는 것처럼 통과하며 그대로 몸을 갈랐다. 낫이 베어 들어가자 임프들의 육체가 갈라지며 영혼이 빠져나오는 모습이 보였다.

"키키에에엑!"

"캐액!"

영혼의 울부짖음엔 고통과 절망이 가득했다. 그것은 신성의 신으로서의 능력을 강하게 만들어주었다.

임프들이 광기를 토해내며 달려들었다. 임프들의 레벨은 신성보다 낮았다. 이 정도라면 용언이 충분히 먹히고도 남을 것이다. 드래곤 하트의 마력이 완전히 차오른 것을 느끼는 순간 신성의 눈빛이 일렁였다.

[떠올라라.]

신성의 용언이 울리는 순간 광산 임프들의 몸이 모두 공중으로 떠올랐다. 그 자리에서 천천히 떠오르기 시작하자 임프들이 당황하며 몸부림쳤다.

그러나 용언에 저항할 수는 없었다. 신성은 드래곤 하트의 마력이 급격히 소모되는 것을 느꼈다. 이제 막 성룡이 된 신성에게 용언은 사용하는 것이 까다로운 권능이었다. 마법이 난무하는 지금 이 시대에서도 기적이라 부를 수 있는 능력이었다.

신성은 날카로운 눈으로 임프들을 바라보았다. 그들의 운명은 이미 정해져 있었다. 거대한 낫이 아주 천천히 휘둘러지며 임프들의 영혼을 수거했다. 막대한 경험치와 함께 레벨과 스킬 포인트가 올랐다. 역시 던전과는 비교도 할 수 없는 풍족한 경험치였다.

[광산 임프의 영혼석이 만들어졌습니다.]

거대한 낫에 달려 있던 해골의 입이 열리며 영혼석을 뱉어냈다. 신성은 영혼석을 손에 들고 자세히 바라보았다. 몬스터의 영혼이라 그런지 아름답지는 않았다. 탁한 기운이 감도는 크리스털에 광산 임프를 상징하는 이모티콘이 새겨져 있다.

[C+] 광산 임프의 영혼석

광산 임프를 소환할 수 있는 영혼석.

광산 임프는 광맥을 찾아내는 특별한 능력이 있으며 광물 채집의 달인이다. 광물을 먹고 생활하기는 하지만 배불리 먹여놓으면 광물을 먹지 않을 것이다.

진화의 성소에서 소환할 수 있고 모습을 커스텀마이징할 수 있다. 엘브라스의 아바타 상점에서 스킨을 구입해 적용시킬 수 있다.

*추천 스킨 : 산타클로스 광산 임프, 푸딩젤리 광산 임프, 귀여운 광산 임프 등.

정보창에 스킨의 이미지가 떠올랐는데 산타 복장을 하고 있는 임프와 푸딩 형태의 모자를 쓰고 있는 임프, 그리고 귀여운 모습으로 바뀌어 있는 임프가 보였다.

엘브라스는 미적인 것을 상당히 중시하는 모양이다. 엘프들을 자신의 품에서 키운 것을 보면 그것을 잘 알 수 있었다.

"그럼……"

신성은 영혼석을 인벤토리에 넣고 뒤를 돌아 오우거를 바라보았다.

오우거는 충분히 중형 몬스터라 불릴 만한 크기였다. 오크와 나란히 선다면 오크가 어린아이처럼 보일 것이 분명했다.

그렇게 혐오스럽지는 않은 순박한 외모였는데 오크처럼 커다란 이빨이 상아처럼 튀어나와 있었다. 부서지기는 했지만 방어구를 입고 있고 목걸이를 하고 있는 것을 보니 꽤 지능이 있는 것으로 보였다.

낫을 휘둘러 막타를 꽂아 넣으려던 신성은 잠시 멈칫했다. 오우거의 어깨에 익숙한 문양이 새겨져 있었기 때문이다. 사막 오크들이 사용하는 문양이다.

"크르륵, 위대한 냄새가 난다. 거대한… 그리고 높은……."

"말은 제법 잘하네."

"그렇지 않은 일족도 있지만 대부분의 오우거는 거인족만큼이나 똑똑하다. 머리가 괜히 큰 것이 아니다."

오우거가 코를 벌렁거리며 말했다.

피 칠갑을 한 모습과는 달리 목소리는 차분했다. 동굴 같은 울림이 있었지만 충분히 알아들을 수 있었다.

오우거와 대화하는 것은 처음이다. 보통 오우거가 나타나면 파티를 꾸려 레이드를 했기 때문이다. 오우거의 육체는 버릴 것이 하나도 없었다. 가죽은 좋은 방어구를 만드는 데 쓰이고 힘줄이나 뼈는 비약을 만드는 데 쓰였다.

사막 오크의 표식이 없었다면 신성은 오우거를 바로 죽였을 것이다.

212Lv

[B] 대장장이 오우거 카록(보스)(중형)

상태 : 부상, 배고픔

신앙 : ―(탐욕의 신에게 관심이 있음)

호감도 : 31%

어비스에 서식하는 오우거.

백 년을 넘게 살아왔다고 알려져 있으며 거인족이나 다른 몬스터들에게 무기를 공급했다. 최근에 사막으로 여행을 떠나 사막 오크들과 좋은 거래를 했다. 신의 보호 아래 성장한 사막 오크의 이야기는 그의 흥미를 끌었다.

우호의 표시로 사막 오크의 문양을 새기게 되었다.

그는 오우거 광산에서 광산 임프들을 데리고 일을 했는데, 사막으로 떠나기 전 임프 우두머리에게 광산의 일을 맡겼다. 사악한 임프 우두머리가 반란을 일으켜 함정을 팠고, 급격히 불어난 임프의 숫자에 그는 모든 것을 두고 도망칠 수밖에 없었다.

그는 미스릴을 다룰 수 있는 뛰어난 장인이다.

그를 도와준다면 카록, 그리고 오우거 일족의 도움을 받을 수 있을지도 모른다.

　신성은 잠시 고민했다. 카록을 처리하고 광산을 꿀꺽할 수도 있었다. 미스릴 광산을 소유할 수는 있겠지만 당장 활용하지는 못할 것이다. 카록이 미스릴을 다룰 수 있는 대장장이이니 이렇게 죽게 놔두기엔 아까웠다.

　신성은 낫을 역소환하며 카록을 바라보았다.

　카록은 눈에는 살고 싶다는 의지가 가득했다. 잘만 하면 지신의 밑에서 일하게 할 수 있을 것 같았다.

　"살고 싶나?"

　"크륵, 해야 할 일이 있다."

　"꽤 절박한가 보군. 그럼 계약하자."

　"계… 약?"

　아르케디아인도 마력으로 이루어진 계약서를 작성할 수 있었는데 신성의 계약서는 조금 달랐다. 바로 악신의 권능으로 이루어진 계약서였다. 상대의 영혼을 수집하는 방법 중 하나였는데 악신 고유의 특성이다.

　신성도 처음 발휘해 보는 권능이다. 용언만큼이나 많은 힘을 소모했기에 자주 남발할 수 없었다.

　암흑 마력으로 이루어진 거대한 계약서가 카록 앞에 떠올랐다. 보는 것만으로도 불길해 보이는 계약서였다. 붉은 글씨로 계약 내용이 새겨지기 시작했다.

[A] 영혼의 계약서
탐욕과 함락의 신을 갑, 카록을 을이라 한다.
1. 갑은 을의 목숨을 살려준다.
2. 을은 목숨의 대가로 갑에게 최선을 다해 은혜를 갚는다.
3. 기한은 무제한이며 갑이 만족할 때까지 계약은 유효하다.
4. 계약이 끝날 때까지 을의 모든 것은 갑이 소유한다.
5. 계약 불이행 시 을의 영혼은 갑에게 귀속된다.

카록에게 엄청나게 불리한 계약서였다. 노예 계약서 수준이
었다. 그러나 목숨을 살려주는 것이니 이 정도는 해야 했다.
카록이 그만큼 절박하다면 동의할 것이 분명했다.
카록은 신성이 보통 존재가 아님을 알았지만 설마 신일 줄
은 모른 모양이다. 깜짝 놀란 눈으로 신성을 바라보았다. 레벨
이 어떻든 간에 신이라는 존재는 경외감을 품게 했다.
오우거가 동의하며 고개를 끄덕이자 계약이 이루어졌다.

[어둠의 계약이 이루어졌습니다.]
[신성 랭크에 대량의 포인트가 추가됩니다.]
[악신의 권능에 '[C-] 사악한 조언'이 추가됩니다.]

[C-] 사악한 조언

사악한 조언을 받을 수가 있다. 조언대로 한다면 경험치나 스킬 포인트 외에 다양한 보상을 받을 수 있다. 본래 성향이 하락하지만 드래곤은 성향이 하락하지 않는다.

조언

*카록이 계약을 불이행한다면 카록의 영혼을 소유할 수 있습니다.

*영혼을 얻기 위해 일부러 방해하는 방법을 고려할 수 있습니다.

제법 재미있는 능력을 얻은 신성이다.

이미 충분히 사악했으니 더 사악한 방법은 쓰지 않기로 했다.

신성은 오우거의 순박한 눈빛이 마음에 들었다. 말처럼 맑아 초롱초롱했다. 아르케디아인도 여러 사람이 있듯 몬스터도 마찬가지였다.

아무튼 카록은 신성에게 은혜를 갚아야 할 것이다. 신성이 만족할 때까지 말이다.

'부작용이 있겠지만… 뭐, 상관없겠지.'

용언으로 회복시키기에는 부담이 너무 컸다. 부작용이 있기는 하지만 역시 치료에는 신성 마법이 최고였다.

신성은 신성력을 일으키며 오우거를 향해 손을 뻗었다. 루나에게서 전해져 오는 신성력이 느껴졌다. 신성력의 양은 평소보다 훨씬 많았다. 조금 더 따듯하고 포근한 느낌이 들었다.

행복으로 가득 찬 루나의 감정이 느껴지자 신성의 얼굴에도 미소가 서렸다.

"힐."

신성력이 카록에게 스며들었다. 카록의 몸에 박혀 있던 창이 빠져나가며 상처가 아물었다. 카록은 자신의 상처가 단번에 회복되자 놀란 눈으로 신성을 바라보았다.

그러나 카록의 생각은 오래가지 않았다. 부작용 때문이다.

주저앉아 있던 카록이 자리에서 일어났다.

두 눈이 붉게 충혈되어 있다.

"우어어어어!"

카록이 미친 듯이 달리기 시작했다. 바위를 부수며 계속해서 질주했다. 제자리에서 빙글빙글 돌다가 옆에 있는 거대한 호수를 향해 진격하기 시작했다.

"다 회복되었나 보네."

펄펄 뛰어다니는 모습을 보니 죽을 염려는 없어 보였다. 막대한 신성력을 쏟아 부었으니 당연한 결과였다.

카록이 거대한 호수를 향해 뛰어들었다.

푸웅!

물줄기가 치솟으며 큰 물고기들이 비처럼 떨어져 내렸다. 카록이 진정되기까지는 시간이 걸릴 것이다. 신성은 부서진 바위에 앉아 조용히 지켜보았다.

*　　　　*　　　　*

어비스의 밤이 찾아오고 나서야 카록은 진정되었다. 어비스의 밤은 어두웠다. 밤이 되면 낮과는 다른 야행성 몬스터가 판을 치기에 더욱 위험했다. 야행성 몬스터는 전투력도 상당히 높고 상대하기 까다로워 피해 가는 편이 좋았다.

카록이 있으니 함부로 덤비는 몬스터는 없었다.

카록은 능숙하게 나무를 잘라 모닥불을 피운 다음 호수 주변에 떨어져 있는 물고기를 주워 요리했다. 카록은 역시 장인답게 손재주가 상당히 좋아 주변에 있는 자원으로 돌솥과 화덕을 만들었다

"형님, 다 됐다."

"오, 대단한데?"

"보통이다."

신성의 칭찬에 카록이 뒷머리를 긁적이며 말했다. 신성의 식기도 만들어줬는데 카록에 덩치와 어울리지 않게 대단히 섬세했다. 드워프와 비교해도 전혀 꿀리지 않을 정도였다.

카록은 신성을 형님이라 불렀는데 오우거들은 보통 윗사람을 형님이라 부른다고 한다. 누가 되었든 자신의 위에 있으면 형님이었다.

신성은 눈앞에 있는 거대한 물고기의 살점을 먹고는 감탄했다. 카록의 요리 스킬은 B랭크로 상당히 높았다. 의외로 오우거는 미식가인 모양이다. 도망치는 외중에도 양념 가방을 챙겨온 것을 보면 말이다.

"그러니까, 광산에 두고 온 물건 때문이라고?"

"오우거 곡괭이, 오우거 망치. 대장장이의 상징이다. 목숨보다도 귀중해. 절대 잃어버리면 안 된다. 도구를 잃은 오우거는 오우거가 아니다."

"광산도 되찾고 네 물건도 되찾으면 되겠군."

"하지만… 임프, 너무 많다. 광산에 있는 임프는 강하다. 산을 다 먹어치울 정도이다."

"한번 해보자고."

카록이 신성을 바라보았다.

감동한 눈빛이다.

"형님, 왜 그렇게까지 날 도와주나?"

"네 것이 내 것이니까. 가만히 있지 말고 고기나 더 구워."

"…알았다."

오랜만의 모험이다.

위험하기는 했지만 무척이나 기대가 되었다.

CHAPTER 5
새로운 차원, 어비스II

카록은 대단히 섬세한 오우거였다.

오우거라는 악명 높은 몬스터답지 않게 섬세한 감정을 지니고 있었고, 신성에게 가끔 자신이 지은 시를 들려주었다. 그럭저럭 들어줄 만한 시였지만 반짝이는 눈동자로 시를 읊는 카록의 모습은 뭔가 조금 괴상했다.

[카록이 파티에 합류했습니다.]
[드래곤의 권능이 발현됩니다.]
[오우거의 힘이 파티에 적용됩니다.]

*경험치 : 120%

*힘 +30

아무튼 신성은 카록과 파티를 맺고 오우거 광산으로 향하고 있었다. 넓은 초원을 지나야 했는데 카록이 있으니 함부로 덤벼드는 몬스터가 없었다. 아직 어비스의 초반부였으니 카록의 레벨 212는 대단히 높은 편이다. 200레벨 이하의 몬스터들이 알아서 피해주니 상당히 쾌적했다.

가끔 판단 능력이 없어 덤비는 몬스터들은 카록이 엄청난 힘으로 터뜨려 버렸다. 방망이 한 방에 여러 마리가 터져 나가는 광경은 볼 만했다.

그럴 때면 신성은 가만히 앉아서 경험치가 쌓이는 것을 지켜봤다. 카록이 알아서 잡아주니 아주 쾌적한 버스를 탄 기분이다.

"몬스터가 많군. 모두 집단생활을 하고 있어."

"광산 주변은 따듯하다. 불꽃의 핵 때문이다. 불꽃의 핵은 미스릴을 제련할 힘을 준다. 불꽃의 핵에 의해 땅속에 흐르는 마그마는 저들이 살아갈 힘을 제공해 준다."

"광산은 화산이라는 말이군. 아주 특수한."

땅에서는 열기가 느껴졌다. 광산으로 갈수록 더욱 뜨거워졌는데 따스한 환경 때문인지 주변 식물의 종류도 달라졌다.

"광산 주변은 모두 땅을 타락시키는 놈들만 산다. 땅의 영양분을 빨아 먹고 재만 남겨놓는다. 저놈들은 불꽃의 영양분을 먹는다. 모조리 없어져야 한다."

카록이 저 멀리 보이는 땅속의 구멍을 보며 말했다. 땅속의 구멍에서는 거대한 개미가 들락날락했는데 신성의 몸만큼이나 컸다. 레벨은 140으로 높지는 않았지만 군단을 이루고 있으니 건드렸다가는 엄청난 개미들에게 쫓기게 될 것이다.

140Lv

[C-] 초원 개미

따듯한 땅속에 사는 몬스터.

주위의 모든 것을 먹어치울 뿐만 아니라 불꽃의 영양분까지 먹어치워 광산을 죽이고 있는 원흉 중 하나이다.

초원 개미들이 살아간 지역에는 하얀 재만 남을 정도로 끔찍한 먹성을 자랑한다.

오우거 광산 주변에 살고 있으며 점차 영역을 확대하는 중이다.

카록의 말대로 골치 아픈 녀석들이었다.

대단히 공격적이었는데 저놈들 근처에 주거지를 세운다면 몬스터 웨이브처럼 몰려와 난동을 부리곤 했다. 여왕을 죽여야 번식이 멈추는데 워낙 숫자가 많아 공략이 힘들었다. 여왕 개미 자체도 대형 몬스터로서 대단한 상대였다.

앞으로 주거지를 구성하는 데 큰 걸림돌이 될 것 같았다.

"저기가 광산이다. 아름다운 오우거 광산! 어비스의 빛이 오우거 광산을 비추면 내 가슴은 자부심으로 가득 찬다!"

"지금은 임프 광산이지만 말이야."

"임프! 배신자! 용서할 수 없다! 배신의 말로는 붉은 장미보다 더 붉은 죽음뿐!"

카록이 주먹을 부르르 떨었다.

커다란 산이 보였다. 빛을 받아 반짝이고 있었는데 미스릴뿐만이 아니라 상급의 자원도 상당히 많아 보였다. 분화구로 보이는 곳에서는 연기가 조금씩 치솟고 있었다.

신성의 예상대로 아직 살아 있는 화산이었다. 광산이 황폐해지고 불꽃의 핵이라는 것이 식어버린다면 저 화산은 죽어버릴 것이다. 신성은 드래곤의 눈으로 광산을 자세히 바라보았다.

'많군.'

광산 임프들이 득실거렸다. 광산 표면에 목재 건물을 세워 놓았고 광산 앞 초원에는 부락들이 가득했다. 대부분 150레벨이 넘어가 신성과 카록이 상대하기 대단히 부담스러울 정도였다. 수십 마리라면 압살할 수 있겠지만 그것이 수천을 넘어만 단위에 이르니 난감했다.

본체로 현신해 브레스로 상대해 볼까… 하는 생각이 들었지만 드래곤은 워낙 존재감이 강해 임프뿐만 아니라 주변에 있는 초원 개미, 그리고 다른 몬스터들까지 몰려올 가능성이 컸다. 일단 그 생각은 보류해 놓았다. 수고스럽지만 다른 방법을 찾아볼 생각이다.

'일단 최대한 조용히 들어가 볼까?'

딱히 떠오른 계획은 없었다. 많은 이들의 목숨이 달려 있다면 신중하겠지만 지금은 자신과 카록밖에 없었다. 긴장하고 있는 카록과는 달리 신성은 무척이나 가벼운 마음이다.

일단 광산에 들어가 보고 생각하기로 했다.

신성은 일이 꼬이게 되더라도 살아남을 자신이 있었다. 광산이 상당히 소란스러워지겠지만 말이다.

안으로 들어가서 카록의 물건을 찾아보고 다음 행동을 생각하는 편이 좋을 것 같았다.

'환경이 좋군. 따듯하고 자원도 풍부해. 게다가 커다란 호수까지 있으니 주거지로는 안성맞춤이야.'

광산과 그 주변에 기생하고 있는 몬스터들이 문제이긴 하지만, 그 몬스터들을 제외하고는 상당히 좋은 곳이었다. 광산이 있는 산맥이 어비스의 날카로운 칼바람과 폭우를 내리는 검은 구름을 막아주니 농장을 지어도 괜찮을 것 같았다.

임프와 초원 개미를 해결해야 했다. 워낙 번식력이 좋은 놈들이니 완전히 뿌리까지 박멸하지 않으면 영원한 골칫거리로 자리 잡을 가능성이 컸다.

신성은 오우거 광산을 드래곤의 눈으로 바라보았다.

[A+] 오우거 광산
*소유 : 광산 임프 부족
*자원 : 미스릴 덩어리, 상급 철광석, 불꽃 가루, 상급 보석, 중급 마정석

오우거 일족이 소유하던 광산. 최고의 대장장이만이 오우거 광산 안으로 들어가 무구를 만들 수 있다. 임프들과 계약을 맺어 광물을 대가로 도움을 받았는데 미스릴에 심취한 임프들이 반란을 일으켜 소유권을 빼앗았다.

미스릴은 광산 임프의 번식력을 400%나 빠르게 만들고 레벨을 올려주었다. 불꽃의 핵을 흡수한다면 불꽃 임프로 진화할 가능성이 있다.

신성의 생각은 역시 틀리지 않았다. 미스릴 덩어리뿐만 아니라 좋은 자원이 가득했다. 하지만 빨리 임프들을 싹 다 죽이지 않으면 광산이 거덜 날 것이다. 현재는 뚜렷한 방법이 없었다.

신성과 카록은 광산 가까이 접근했다. 경계를 서고 있는 임프들이 많아 한참을 돌아가야 했다. 광산의 뒤는 날카로운 절벽과 숲으로 이루어져 있어 임프의 숫자는 적은 편이었다.

"광산 입구로 들어가는 건 힘들겠어. 그나마 여기는 괜찮군."

"저 위에 구멍이 있긴 하다. 광산의 숨결, 생명의 통로!"

"환풍구겠지. 음, 절벽을 타야 하나."

"환풍구, 멋짐이 없는 단어이다."

카록은 가방에서 수첩을 꺼내 자신의 말을 기록했다. 카록의 명언록이라는 제목이 붙어 있다.

숲에서 어슬렁거리고 있는 임프들을 제거하고 절벽 가까이 접근했다.

날이 어두워지는 시점이니 밤이 될 때까지 기다렸다가 환풍구를 통해 들어가면 될 것 같았다. 절벽에 감시탑이 있기는 하지만 큰 문제가 되지는 않았다.

신성이 인벤토리에서 음식 재료를 꺼내주자 카록이 샌드위치를 만들었다. 신성의 몸통만 한 샌드위치는 대단히 맛있었다.

따듯한 바람이 불어오고 풀벌레들이 울고 있다. 밤이 되니 커다란 반딧불이 주변을 날아다녔다. 마치 피크닉이라도 나온 기분이다. 루나와 같이 있다면 정말 좋겠지만 옆에는 덩치가 산만 한 카록이 있다.

"맛있는 음식은 축복! 형님은 대단히 좋은 재료를 가지고 있다!"

"이번에 다 써서 이제 없어."

"아쉽다!"

신성이 카록을 바라보자 그는 행복하다는 얼굴로 남은 샌드위치를 단번에 먹어치웠다.

"오우거 일족이 먹고살려면 엄청난 식량이 들겠군."

"식량이 제일 중요하다. 거인족들에게 무기를 주고 식량을 구하기도 한다. 그러나 형님의 것보다 훨씬 떨어진다."

"음, 잘만 하면 부려먹을 수 있겠네. 오우거 일족이라……."

"부려먹다! 불길한 말이군. 추천 단어는 아니다."

식량으로 오우거를 일하게 할 수 있다면 대단히 남는 장사였다. 세이프리의 수인족은 농사의 달인이다. 게다가 엘브라스와도 교역을 하고 있는 상태이니 식량 공급에는 문제가 없을 것이다. 악신의 성을 증축할 때 오우거가 참여한다면 엄청난 작업 효율을 보여줄 것 같았다.

"임프들은 이 시간에 잠을 잔다. 게으른 놈들이다."

"올라가자. 조용히 올라갈 수 있겠지?"

"그림자처럼, 달빛처럼 스며들 수 있다."

"떨어져도 안 도와줄 것이니 잘 따라와."

신성은 피식 웃고는 절벽을 올랐다.

신성의 움직임은 빨랐는데 카록 역시 대단히 민첩했다. 카록의 몸을 덮고 있는 것은 살이 아니라 근육이었다. 날렵하게 움직이는 모습은 상당히 우스꽝스러웠지만 오우거의 가능성을 잘 보여주었다.

'오우거 암살자가 탄생할 수도 있겠는걸.'

어느 게임에서도 없는 직업일 것이다.

신성은 상당히 즐거웠다. 오랜만에 즐기는 모험이 상당히 짜릿했다. 역시 돈을 버는 것도 재미있지만 이런 모험이 신성의 취향에 맞았다. 모험을 하면서 돈을 벌 수 있다면 최고일 것이다.

절벽 위에 아슬아슬하게 세워져 있는 감시탑이 보인다. 환풍구를 통해 나온 임프들이 힘겹게 지어놓은 것이다. 신성은 튀어나와 있는 돌을 밟으며 가볍게 점프해 감시탑의 난간에 매달렸다.

휘익!

감시탑 위에 올라서자 어비스의 풍경이 보였다. 멀리서 본 어비스는 아름다웠다. 지구와는 다른 아름다움이 존재했다.

잠시 감상에 빠져 있던 신성은 옆에서 졸고 있는 임프에게로 시선을 돌렸다. 환풍구에서 경계를 서고 있는 임프들은 무기를 내려놓고 졸고 있었다.

이곳으로 누군가 올라올 것이라고는 생각하지 못한 것 같았다.

신성은 난간에 기대어 졸고 있는 임프를 슬며시 밀었다.

"키, 키엑?"

허둥거리다가 절벽 밑으로 떨어지며 경험치가 되었다. 환풍구로 이동하며 졸고 있는 임프를 모조리 밀어버렸다. 카록이 떨어지는 임프를 주먹으로 치자 야구공처럼 튕겨 나가며 먼 숲 속에 떨어졌다.

"아름다운 포물선이다."

카록이 절벽에 매달린 채로 말했다.

환풍구는 컸다. 광산의 입구처럼 컸는데 횃불이 놓여 있었다. 광산 안으로 들어가자 뜨거운 열기가 느껴졌다. 임프들은 잠에 빠져 있거나 괴상한 노래를 부르며 술을 마시고 있었다. 자신들의 숫자만을 믿고 방심하고 있었다.

"내 술… 내가 만든 곡물주를……!"

카록이 화가 나는지 얼굴을 부르르 떨었다. 신성은 주변에 널려 있는 술잔을 들어보았다.

알싸한 향기가 났다.

술을 손가락으로 찍어 맛봤는데 그 맛이 상당히 괜찮았다. 엘프주와는 다른 매력이 있었다.

'오우거, 복덩이로군.'

신성은 속으로 그렇게 생각했다.

긴 통로가 이어졌다.

복잡하게 얽혀 있었지만 카록은 모든 길을 다 알고 있었다. 임프들을 조용히 없애며 나아가자 비어 있는 커다란 광산의 중심에 도달할 수 있었다.

통로 끝은 뻥 뚫려 있었다. 그곳을 통해 아래를 내려다볼 수 있었다.

"광산의 중심, 이곳이 작업장이다."

"광산이 아니라 건물 안에 들어온 것 같군."

"오랜 세월 동안 파놓은 것이다. 최대한 안전하게. 그러나 임프들은 그런 것을 모른다. 오로지 식탐만이 가득하지."

오랜 세월 깎았는지 거대한 공간이 형성되어 있었는데 그곳에 엄청난 수의 임프들이 모여 있었다.

오우거가 만든 무구들도 보였다. 커다란 크기의 석궁, 창과 검, 그리고 갑옷. 모두 좋은 재료로 만들어 값어치가 대단한 것들이었다.

튼튼한 밧줄에 매달려 있는 거대한 곡괭이가 보였다. 임프 몇몇이 곡괭이에 걸린 밧줄을 잡아당기자 곡괭이가 시계추처럼 움직이며 벽면을 때렸다.

쿠웅!

벽면이 무너지며 은빛 가루가 사방으로 떨어져 내렸다. 바로 미스릴 가루였다. 잠들어 있던 임프들이 환호하며 일어나 미스릴 가루를 향해 입을 벌렸다.

시끌벅적한 축제가 시작되었다.

'미스릴 덩어리!'

신성의 눈이 커졌다.

벽에 드러나 있는 미스릴 덩어리 때문이다. 곡괭이로 많이 파먹어 상당 부분 사라진 상태였지만 그래도 아직 많이 남아 있었다. 임프들을 이대로 놔두었다가는 몇 달도 걸리지 않아 다 처먹을 것 같았다.

"내 곡괭이다!"

곡괭이는 통짜 미스릴로 제작되어 있었다. 그것만으로도 대단한 보물이다.

[A] 오우거 곡괭이

오우거 일족에게 전해져 내려오는 곡괭이.

질 좋은 미스릴로 만들어져 있어 미스릴 원석을 캐낼 수 있다. 워낙 크기가 커서 오우거 일족도 간신히 사용할 정도이다. 오우거 곡괭이가 있다면 산을 파내는 것은 일도 아니다.

은빛으로 번쩍이는 미스릴 곡괭이는 신성의 탐욕을 불러일으켰다. 미스릴 덩어리와는 다르게 제대로 제련된 아름다운 보물이었다.

그리고 임프들 가운데에 있는 망치 역시 그러했다. 화려한 장신구를 달고 있는 임프가 망치를 왕좌 삼아 앉아 있었다.

[A] 오우거 망치

최고의 대장장이 오우거만이 쥘 수 있는 망치.

질 좋은 미스릴로 만들어져 있어 미스릴 무구를 만들 수 있다. 오우거 망치를 지닌 오우거는 오우거 일족 사이에서 발언권이 강하기로 유명하다. 예술품으로도 가치가 높은 대단한 보물이다.

카록이 애지중지할 만한 물건이었다. 카록은 어차피 신성의 것이었으니 저것도 그의 것이나 마찬가지이다. 감히 자신의 보물을 저딴 식으로 사용하니 화가 솟구쳤다.

"내 망치……."

"내 곡괭이와 망치를 저렇게 쓰다니."

"으응?"

신성의 말에 카록이 신성을 바라보았다.

신성의 가볍게 나들이 나온 것 같던 마음이 진지해졌다. 이런 광경을 보니 그냥 넘어갈 수 없었다.

이곳에서 본체로 변하는 것은 힘들었다. 이런 막혀 있는 곳에서 싸운다면 신성이라 할지라도 큰 피해를 볼 것이다. 150레벨이 넘는 정예 임프들이다. 그 숫자가 어림잡아 3만이 넘어갔다. 임프들이 죽자 살자 떼로 덤빈다면 마력 스킨이 뚫리고 상처를 입을 가능성이 컸다.

임프의 숫자는 미스릴 가루를 먹고 더 늘어가는 중이었다. 지구에서 엘브라스나 다른 대도시들이 넘어오는 시기쯤 되면 5만이 넘어갈 것 같았다.

아르케디아 온라인에서와 같은 전쟁이 일어날 것은 불을 보듯 뻔했다.

'음…….'

드래곤의 눈에 광산 밑으로 흘러가는 마그마가 보였다.

마그마에는 보석과 광물이 녹아 있었는데 드래곤의 눈에 그것이 포착되었다. 광산의 지하에서 흘러나간 마그마는 광산을 빠져나가 초원의 지하를 향해 강처럼 흐르고 있었다.

"카록, 광산 깊은 곳에 불꽃의 핵이 있다고 했지?"

"그렇다. 오래된 불꽃의 핵이다. 현재 점차 꺼져가서 초원이 식어가는 중이다. 개미가 불꽃의 기운을 빨아 먹어 점점 약해지고 있다. 임프들도 불꽃을 남용한다."

"만약 불꽃의 핵이 다시 활발해지면 어떻게 되지?"

마그마는 초원에 열기를 제공하고 있었다. 불꽃의 핵을 충전시킬 수 있다면 어떻게 될까?

신성의 질문에 잠시 생각하던 카록이 입을 떼었다.

"퍼엉! 터진다! 아름다운 분출이 될 것이다."

"과충전되면?"

"으음, 초원의 멸망을 대지가 노래할 것이다."

신성은 고개를 끄덕인 다음 인벤토리에서 경험치 스크롤을 꺼냈다. 어비스를 찾아내서 보상으로 받은 것이다.

[B+] 경험치 스크롤

어비스를 발견한 자에게 보상으로 주어진 스크롤.

스크롤을 찢으면 경험치 버프가 걸리게 된다. 상당히 오랜 시간 지속된다.

*경험치 : 200%(24시간)

신성의 입가에 진한 미소가 걸렸다.

"초원이 멸망할 정도라면 경험치가 엄청나겠지."

카록이 신성의 사악한 미소를 보며 몸을 떨었다.

시도할 가치는 충분했다.

*   *   *

카록은 신성에게 불꽃의 핵이 있는 곳을 알려주었다. 임프들이 잔뜩 모여 있는 넓은 공간을 지나 지하와 이어진 통로로 가야 했다. 그곳이 유일한 통로였기에 다른 방법은 없었다.

신성이 경험치 스크롤을 찢었다. 그러자 경험치 버프가 바로 적용되었다.

"무슨 생각을 하고 있는지 모르겠다."

카록이 말하며 고개를 갸웃했다.

신성은 준비운동을 하며 몸을 풀었다. 수만에 달하는 임프를 상대하는 것은 자살행위였다. 하지만 저 임프를 모조리 상대할 필요는 없었다. 길을 뚫고 달리면 되는 것이다.

그 정도라면 마력 스킨이 어느 정도는 버텨줄 것이다.

불꽃의 핵에 가는 것이 신성의 목표였다.

"불꽃의 핵이 있는 곳으로 가야겠어."

"자, 자살행위다! 임프 놈들이 너무 많다!"

"괜찮아. 오랜만에 재미있겠는데?"

카록은 신성을 말릴 길이 없음을 깨달았다. 잠깐 같이 지내는 사이 신성의 고집이 엄청나다는 것을 알게 되었다.

신성은 준비운동을 마치고 카록에게 손을 뻗었다. 신성력이 일어나며 카록의 몸을 감쌌다.

"홀리 베리어."

카록의 주위로 흰빛이 일렁였다. 부작용이 있는 방어막이었지만 카록을 보호하는 데 꼭 필요했다. 하지만 앞으로 일어날 사태를 생각해 보면 하나로는 부족했다. 신성은 의지를 일으키며 입을 떼었다.

[홀리 베리어 중첩, 중첩.]

홀리 베리어가 중첩되며 겹겹이 카록의 몸을 감쌌다. 이제는 빛나는 구체가 되어버린 카록이 눈을 깜빡이며 신성을 바라보았다.

"뭔가 큰 소리가 나거나 주변이 흔들리면 바로 밑으로 뛰어내려. 무조건 광산 밖으로 나가."

"무슨 말인지 모르겠다!"

"곧 알게 될 거야. 망치랑 곡괭이 챙기는 거 잊지 말고."

카록의 머리에 물음표가 마구 떠올라 있다.

신성은 피식 웃으며 아래를 내려다보았다. 임프들이 득실거렸는데 놈들은 모두 잠에서 깨어 축제를 벌이고 있었다. 미스릴 가루를 핥아 먹으며 광란의 밤을 보내고 있는 것이다.

"그럼 조금 이따가 보자고."

"어, 어억?!"

신성이 가볍게 밑으로 뛰어내렸다. 카록이 비명을 내지르며 신성을 향해 손을 뻗었지만 신성은 이미 밑으로 떨어져 내리고 있었다.

높이가 꽤 높다 보니 체공 시간이 제법 되었다.

신성은 배를 까고 누워 미스릴 가루를 먹고 있는 임프에게 시선을 고정했다. 그리고 한 임프가 화려한 장신구를 걸치고 오우거 망치 위에 있었는데, 바로 임프의 우두머리였다. 다른 임프보다 크기가 더 크다는 것을 제외하고는 다른 점이 없었다.

"파이어 웨이브!"

위를 향해 파이어 웨이브를 날리자 엄청난 속도로 떨어져 내리기 시작했다. 긴 불꽃의 꼬리를 만들며 신성의 몸이 그대로 망치 위에 꽂혔다.

콰득!

신성의 몸에 깔려 우두머리 임프의 몸이 작살났다.

마력 스킨이 아슬아슬하게 유지되고 있을 정도의 파괴력이었다. 미스릴 가루를 먹으며 황제와 같은 생활을 하고 있던 우두머리 임프의 마지막은 처참했다.

비명조차 지르지 못하고 압사당한 것이다.

엄청 시끄럽던 주변에 정적이 일었다. 임프들이 입을 떠억 벌리며 신성을 바라보았다. 눈을 비비며 바라보는 놈들도 있었다. 도저히 방금 일어난 상황이 이해가 되지 않아서였다.

신성이 미스릴 망치 위에서 몸을 일으켰다.

'엄청 많네.'

소름 끼치도록 많은 숫자였다. 문제는 지금도 계속해서 늘어가고 있고 이것보다 몇 배는 더 늘어날 가능성이 있다는 점이다.

임프는 바퀴벌레 같았다. 몇 마리를 남겨놓으면 금세 증식해서 골칫거리가 되었다. 광물뿐만 아니라 곡식도 처먹었기에 아르케디아 온라인에서 제일 짜증 나는 몬스터 중 하나였다. 임프들을 전담하여 박멸하는 식스코라는 길드가 있을 정도였다.

땡그랑!

어설프게 만들어진 왕관이 망치 밑으로 굴러 떨어졌다. 임프들이 그것을 바라보다가 다시 신성에게로 시선을 돌렸다. 이제야 사태를 파악한 것이다.

"키에에엑!"

"키엑! 죽여라!"

"침입자다!"

임프들이 일제히 소리치며 떼를 지어 몰려왔다. 몬스터 웨이브와는 비교가 되지 않는 광경이다. 마치 파도가 몰아치는 것처럼 보였다.

저 속에 파묻혔다가는 마력 스킨이 금방 파괴될 것이다.

'통로는 저쪽인가?'

신성은 지하로 가는 통로를 바라보며 뛰기 시작했다. 몰려오는 임프들의 머리를 마치 징검다리를 건너듯이 밟으며 뛰었다.

"꽥!"

"쩨액!"

머리를 밟힌 임프들이 바닥을 굴렀다. 신성은 마구 달려 나가면서 위를 바라보았다. 곡괭이가 위에 걸려 있고 밧줄이 보인다. 마력을 방출하며 힘 있게 임프를 밟은 다음 점프했다. 손을 뻗어 밧줄을 잡고 그대로 나아갔다.

"파이어 에로우!"

콰가강!

곡괭이가 고정되어 있는 밧줄이 끊어지며 떨어져 내렸다. 곡괭이 밑에 깔린 임프들이 연기가 되어 사라졌다.

임프들이 마치 좀비 떼처럼 신성을 향해 달려들었다. 임프들이 몽둥이나 날붙이로 마력 스킨을 때리자 드래곤 하트의 마력이 빠르게 깎여 나갔다. 높은 공격력은 아니었지만 역시 물량이 너무 많았다.

신성의 속도가 점점 줄어들고 주변이 모두 임프들에 의해 막히게 되었다. 신성은 멀리 있는 통로 쪽을 바라보았다. 그곳에도 임프들이 많았다.

신성이 손을 뻗자 거대한 낫이 그의 손에 들렸다.

"비켜!"

암흑 마력이 뿜어져 나왔다. 낫에 깃든 엄청난 마력이 한순간에 폭발하며 직선으로 뻗어갔다.

큰 범위와 대미지를 자랑하는 영혼참이었다.

신성의 앞을 가로막은 수많은 임프들이 잘려 나가며 주변으로 튕겨 나갔다. 신성은 드래곤 하트의 마력이 급격히 사라지는 것을 느꼈다.

이제 다시 달려야 할 때였다. 길이 뚫리자 신성은 전력으로 달렸다.

"키에에엑!"

"잡아!"

"죽여! 죽여!"

신성의 뒤로 임프들이 광분하며 달려왔다. 임프들은 내구력이 낮은 대신 민첩이 높았다. 신성보다는 느렸지만 신성의 뒤를 쫓아올 정도는 되었다.

수만에 이르는 임프들이 일제히 따라오니 상당히 스릴 넘쳤다. 두근거리는 드래곤 하트가 느껴졌다. 이 짜릿함은 어디에서도 경험할 수 없을 것이다.

'이 맛에 모험을 하지!'

상황에 어울리지 않게 신성의 얼굴에는 미소가 떠올라 있었다.

통로에 이르자 망설일 것도 없이 통로 안으로 들어갔다. 통로 안은 화끈한 열기로 가득했다. 지하로 이어지는 급경사였는데 통로 자체는 카록이 들어갈 수 있을 정도로 넓었다.

"키에엑!"

임프 하나가 소리치자 독침세례가 신성을 향해 날아왔다. 마력 스킨에 수백 발의 독침이 부딪치며 바닥에 떨어졌다. 신성은 천장을 향해 낫을 휘둘렀다.

콰아앙!

암흑 마력이 뻗어 나가며 천장을 무너뜨렸다. 거대한 돌의 파편이 떨어져 내리며 임프들을 깔아뭉갰다. 순식간에 통로가 막혀 버렸다. 빠져나갈 길을 막는 어리석은 행동이라고 볼 수 있었지만, 신성은 어차피 정상적으로 빠져나갈 생각이 없었다.

신성은 아슬아슬하게 유지되고 있는 마력 스킨을 보며 피식 웃었다. 지금까지 겪어온 것에 비하면 이 정도는 아무것도 아니었다.

"이곳에는 없군."

상당히 뜨거운 곳이라 임프들이 존재하지 않았다.

아래로 내려갈수록 더욱 뜨거워졌다. 오우거 정도 되는 가죽을 지니지 않는다면 살이 익을 정도였다.

그러나 신성은 평소와 다른 점을 느끼지 못했다. 신성의 몸 안에 있는 홍염룡의 힘은 불을 지배하는 힘이다. 이곳의 열기는 오히려 신성의 드래곤 하트를 회복시켜 주고 있었다.

'마력이 짙어. 대단하군.'

개미들이 어째서 초원에 모여 살며 불의 기운을 빨아 먹고 있는지 알 것 같았다. 순수한 불꽃의 마력은 몬스터들을 강하게 만들어주었다.

임프들의 숫자가 늘어난 것에는 미스릴도 작용했지만 불꽃의 핵 역시 한몫하고 있었다. 초원 개미나 다른 몬스터들도 마찬가지일 것이다.

신성은 한참 동안 밑으로 내려갔다. 어느 정도 내려가자 용암이 흐르고 있고 카록의 작업장이 보였다. 이곳에서 미스릴을 제련하는 것 같았다. 작업장 밑에는 불꽃 기운이 넘실거리는 용암이 흘렀으니 미스릴을 제련하는 데 좋은 장소였다.

작업장을 지나 계속해서 내려갔다. 이제는 카록조차 버티지 못하는 곳이었다. 임프들은 애초부터 작업장까지 도달하는 것도 무리였다. 일반적인 불 속성 몬스터도 견디지 못할 정도로 뜨거웠다.

불꽃을 지배하는 자가 아니고서야 신성이 있는 곳까지 당도할 수 없었다.

화르륵!

신성의 마력 스킨에도 불이 붙었다. 마력 스킨이 손상이 되거나 하지는 않았다. 신성의 마력에 반응하여 더욱 격렬하게 타오를 뿐이다.

[홍염룡의 힘이 발휘됩니다.]

[지배의 힘이 불꽃을 지배합니다.]

*불꽃을 흡수하여 다룰 수 있습니다.

*불꽃을 흡수하여 드래곤 하트를 충전시킬 수 있습니다.

*경험치가 자동으로 쌓입니다. 이곳에서 동면한다면 오랜 세월 뒤 대단한 레벨로 올라설 것입니다.

소모된 마력이 전부 차올랐고 온몸에 힘이 넘쳤다. 정보창을 보니 경험치가 계속해서 쌓이고 있었다. 이곳에서 몇 십 년간 잠을 잔다면 300레벨은 가볍게 돌파할 수 있을 것 같았다.

'그러기엔 시간이 없지.'

안타깝지만 그럴 여유가 없었다.

통로는 갈수록 좁아졌다. 용암이 흘러서 녹은 통로만이 남게 되었는데 신성이 허리를 굽히고 들어가야 할 정도로 좁았다. 통로 끝에 이르자 거대한 공간이 보였다.

그 공간을 채우고 있는 것은 마그마였다. 마그마가 호수를 이루며 반짝이고 있었다.

황금빛으로 일렁이는 광경은 아름다웠다. 마치 태양의 표면을 보는 것 같았고, 이 공간을 둘러싸고 있는 달궈진 벽에는 값비싼 보석들이 수북하게 붙어 있었다. 품질이 좋은 중급 마정석, 높은 랭크가 분명한 불꽃 속성의 속성석이 사방에 넘쳐나고 있었다.

자연 그 자체가 만들어낸 보물 창고였다.

풍덩! 풍덩!

벽에 붙어 있는 커다란 보석들이 마그마에 떨어져 내렸다. 100KC는 가뿐하게 넘을 것 같은 보석이 사라지는 모습은 신성의 마음을 아프게 했다.

신성은 마그마를 향해 손을 뻗었다. 신성의 손 위에 마그마가 물처럼 고였다. 신성의 손은 녹기는커녕 불순물이 타버려 마치 씻은 것처럼 깨끗해졌다.

드래곤의 눈으로 보니 마그마 안에는 많은 보석 성분이 들어 있었다. 중급 마정석을 대량으로 만들어낼 만큼 마력도 풍부했다.

신성은 고개를 들어 마그마의 중심부를 바라보았다.

불꽃에 휩싸여 떠 있는 커다란 보석이 보였다. 도도하게 불꽃을 토해내는 모습이 마치 불의 여신처럼 보였다.

저것이 바로 초원에 열기를 제공하고 있는 불꽃의 핵이었다.

신성은 본능적으로 저것이 원래는 더욱 거대하고 밝았다는 것을 알 수 있었다. 이 공간을 가득 채울 정도의 크기였지만 지금은 대단히 약해져 있는 상태였다.

[A+] 불꽃의 핵

초원에 생명을 불어넣는 근원. 불꽃의 핵은 오랜 세월 동안 초원을 보호해 왔다. 많은 생명이 이곳에서 태어나고 자라 어비스로 퍼져 나갔다.

불꽃의 핵이 존재하는 곳에서는 생산 속도가 빨라지고 작물이 훨씬 크게 자라며 마력 회복 속도가 빨라진다. 불꽃의 핵이 내뿜는 마그마는 모든 금속을 녹일 수 있다고 알려져 있다.

불꽃의 핵이 예전의 모습을 되찾는다면 초원은 최고의 모습을 되찾을 수 있을지도 모른다.

조언

*불꽃의 핵을 충전시켜서 초원을 정화하자!

*불꽃의 핵이 감당할 수 있는 용량을 넘어서게 되면 대단한 일이 일어날지도 모른다!

신성은 씨익 웃었다. 이번에는 조언에 따를 생각이다.

신성은 천천히 마그마를 향해 걸어갔다. 몸이 마그마에 잠겼지만 뜨겁지는 않았다. 진득한 느낌이 상당히 기분 좋았다.

몸과 마음이 모두 따듯해졌다. 온몸을 씻겨주는 상쾌함에 이대로 있고 싶다는 생각이 들 정도였다. 하지만 루나의 곁만큼 평화롭지는 않았다.

마그마 속에 가라앉아 있던 신성이 눈을 뜨는 순간이다.

휘이이이!

마그마가 소용돌이치기 시작했다. 그 중심에서 강한 빛의 기둥이 터져 나왔다. 마그마를 가르며 나타난 것은 찬란하게 빛나는 홍염의 드래곤이었다. 마그마는 드래곤의 의지에 따라 물결치며 아름다운 문양을 만들어냈다.

불꽃의 핵이 일렁거렸다.

불꽃을 시배하는 드래곤이 나타나 기뻐하는 것처럼 느껴졌다.

신성은 길게 호흡했다. 그러자 마그마가 모조리 신성의 호흡을 따라 빨려들어 왔다. 드래곤 하트가 폭발하듯 팽창했다. 어마어마한 마력이 드래곤 하트를 뚫고 나올 듯 요동쳤지만 신성은 멈추지 않았다. 초원의 지하에 퍼져 있던 마그마가 전부 다시 이곳으로 빨려오며 신성에게 막대한 마력을 제공해 주었다.

불꽃의 핵이 꺼져갔다. 불꽃의 핵이 사라진다면 초원에 겨울이 찾아와 모든 것이 말라비틀어질 것이다. 그러나 신성은 불꽃을 흡수할 생각이 전혀 없었다.

오히려 그 반대였다. 신성이 불꽃의 핵을 향해 입을 벌리는 순간이었다.

콰가가가!

엄청난 마력 폭풍이 일어나며 주변 일대를 날려 버렸다. 뿜어져 나간 화염의 브레스가 불꽃의 핵을 향해 쏘아져 나갔다. 광산뿐만 아니라 초원 일대가 크게 흔들렸다.

불꽃의 핵이 점점 밝아지며 팽창하기 시작했다.

신성이 뿜어낸 엄청난 브레스를 그대로 흡수하며 점점 커지고 있는 것이다. 흡수한 마력을 모두 짜내고 드래곤 하트에 있는 마력까지 전부 토해냈다.

그러자 불꽃의 핵이 신성의 몸만큼이나 커져 버렸다. 주변의 보석과 돌을 녹이며 거대한 존재감을 과시하기 시작했다.

부글부글!

불꽃의 핵에서 마그마가 들끓기 시작했다. 신성의 브레스가 멈추는 순간 표면이 마구 일그러지며 불꽃이 사방으로 뿜어져 나왔다.

콰가가가가!

세상이 끝날 것 같은 폭발이 시작되었다. 미친 듯이 치솟은 마그마가 광산의 좁은 분화구를 뚫고 하늘 높이 치솟았다.

그것은 시작에 불과했다. 폭발하듯 팽창한 마그마는 초원의 지하를 질주했다. 더 나아갈 곳이 없어지자 초원을 박살 내며 치솟아 올랐다.

[과도한 에너지 공급으로 불꽃의 핵이 폭주합니다.]

[초원에 멸망이 내립니다. 그 재앙은 초원 너머까지 영향을
미칩니다.]

'새, 생각보다 심한데?'

신성이 생각한 규모를 훨씬 넘어서고 있었다. 불꽃이 핵이
내뿜는 에너지는 더욱 거대해지고 있었다.

신성의 몸 역시 마그마의 분출에 떠오르며 분화구 위로 치
솟기 시작했다.

과연 이 거대한 재앙에서 누가 살아남을 수 있을까?

레벨 따위는 전혀 의미가 없을 것이다.

[LEVEL UP!]

[LEVEL UP!]

[LEVEL UP!]

[2,000P UP!]

"……"

신성은 빠르게 분화구 위로 떠오르는 와중에 정보창을 바
라보았다. 레벨과 스킬 포인트가 미친 듯이 오르고 있었다.
광산 임프뿐만 아니라 초원에 존재하는 모든 몬스터가 녹아내

리고 있었다.

소형, 중형, 대형 가릴 것 없이 모조리 녹아내렸다.

＊　　　＊　　　＊

카룩은 밑으로 뛰어내린 신성을 보며 무지막지하게 놀랐다. 우두머리 임프가 터졌을 때는 주먹을 불끈 쥐었지만 신성에게로 몰려드는 임프들을 보니 식은땀이 났다.

신성이 임프들을 달고 불꽃의 핵으로 가는 통로로 사라지자 카룩은 바닥에 주저앉았다.

불꽃의 핵은 누구도 다가갈 수 없었다. 내구력이 뛰어난 자신조차 통로 중간에서 간신히 제련 작업을 할 수 있을 정도였다. 신성이 신이라고 해도 다가가는 것은 불가능했다. 게다가 통로는 밖에는 임프들이 득실거리고 있었다.

아무리 생각해도 신성의 최후가 떠올랐다.

"형님의 최후에 걸맞은 시를 써야겠다."

오우거보다 용감한 사내였다.

카룩은 수첩을 꺼냈다. 숯으로 만든 연필을 손에 쥐고 시를 읊기 시작했다.

"임프의 지옥으로 뛰어내린 용기는 아름답다! 아! 덧없는 죽음이여! 초원에 지는… 음……."

시를 읊다가 막히는지 바닥에 주저앉아 연필을 끄적거렸다. 머리를 긁적이다가 마땅히 떠오르는 단어가 없자 고민에 빠졌다.

"초원에 지는 태양? 음, 이것보다는……."

신성의 묘비를 만들어줄 생각이다. 거기에 적을 시이니 아름답게 쓰고 싶었다.

카록이 단어 선택을 고민하고 있을 때다.

두둥!

갑자기 주변이 흔들렸다. 카록은 가벼운 지진이겠거니 하면서 다시 몰두하려 했지만 점차 흔들림이 심해지자 글을 쓸 수 없었다.

콰앙!

커다란 돌이 카록의 옆에 떨어졌다. 카록은 화들짝 놀라며 자리에서 일어났다. 광산 전체가 흔들리고 있었다. 카록이 몸을 가눌 수 없을 정도로 흔들림은 점점 더 심해졌다. 카록은 밑을 바라보았다.

임프들도 놀라며 웅성거리고 있었다.

"혀, 형님이 분명……."

분명 무언가 흔들리거나 그런 조짐이 보인다면 바로 물건을 챙겨 광산 밖으로 나가라고 했다. 설마 그 농담 같은 소리가 현실로 나타날지 꿈에도 생각하지 못한 카록이다.

"꿀걱!"

신성이 무언가 일을 저지른 것 같았다. 불꽃의 핵에 닿을 수 없으리라 생각했지만 기어코 닿아 뭔가 아주 큰일을 저지른 것이 분명했다.

카록은 침을 꿀꺽 삼키고는 잠시 망설였다.

콰강! 쾅!

카록의 뒤에 있던 통로가 무너져 내렸다. 이제 온 길로 돌아갈 수도 없었다. 이곳에 있다가는 깔려 죽게 생겼기에 뛸 수밖에 없었다. 신성이 걸어준 이 배리어는 전혀 믿음이 가지 않았지만 현재로서는 선택의 여지가 없었다.

카록은 눈을 꽉 감고 뛰어내렸다. 그러자 바로 카록이 있던 자리에 커다란 돌들이 떨어져 내렸다.

"으, 으아아아!"

비명이 절로 나왔다. 높은 곳을 좋아하는 오우거는 없었다. 높은 곳에서 뛰어내린 오우거는 더더욱 없었다. 아마 이 정도 높이에서 뛰어내린 오우거는 카록이 최초일 것이다. 공중에서 팔다리를 마구 휘저었다. 그런다고 속도가 줄어드는 것은 절대 아니었다. 그저 필사적인 몸부림에 불과했다.

임프들이 카록이 내지른 비명에 깜짝 놀라 고개를 들어 위를 바라보았다.

"키엑?"

"캑?"

거대한 그림자가 생기는 순간 임프들의 눈이 튀어나올 듯 커졌다. 이미 피하기엔 늦었다.

콰아앙! 퍼석!

거대한 카록의 몸이 임프들 위에 떨어졌다. 바닥에 균열이 생기며 잔해가 사방으로 튀었다. 카록의 밑에 깔린 임프는 형체를 알아볼 수 없게 되어버렸다. 케첩이 되었다고 표현하는 편이 적절할 것이다.

"으, 으하아!"

카록은 비명을 지르며 빠르게 일어났다. 엄청난 고통이 엄습했기 때문이다. 커다란 손으로 온몸을 만져봤지만 작은 상처조차 없었다. 창에 찔리는 것보다 더한 고통이었는데 상처가 없다니 참으로 이상했다.

"키엑!"

"캐애애액!"

"오우거! 죽여!"

임프들이 괴상한 소리를 내며 카록의 주변으로 모여들었다. 수만에 이르는 임프들의 살기 어린 눈동자에 카록은 몸을 움찔했다.

"마, 말로 해결하자!"

"죽여! 죽여!"

"죽여!"

카록이 말을 건넸지만 소용없었다. 임프들이 광분하며 창과 독침을 날려댔다. 모두 정확히 카록에게로 쏘아져 왔다.

"으, 으아악! 커억! 아악!"

카록은 엄습해 오는 고통에 비명을 질렀다. 가죽이 잘리고 뼈가 갈리는 느낌이다.

팅! 후두둑! 텅! 후두둑!

그러나 제대로 맞은 것은 없었다. 모두 카록의 몸 위에 떠올라 있는 베리어에 막히며 바닥에 떨어졌다. 카록은 눈을 깜빡이며 자신의 몸을 다시 바라보았다. 독침이 날아와 베리어에 튕겨 나가는 것이 보였다. 그러자 몇 배는 더 심한 고통이 밀려왔다.

"악! 따갑다!"

"키, 키엑?! 오우거가 미쳤다!"

"키엑!"

카록이 고통에 몸부림치며 난리를 피웠다. 거대한 손이 임프들을 작살냈고, 바닥을 구르자 임프들이 깔려 죽었다. 카록은 망치가 있는 곳까지 거의 굴러서 왔다.

"내 망치!"

어쨌든 베리어가 있으니 자신의 몸은 안전하다는 것을 확신할 수 있었다. 엄청난 고통이 있기는 하지만 버텨낼 정도는 되었다. 카록은 망치를 마구 휘두르며 곡괭이를 챙겼다.

임프들이 모조리 몰려와 카록의 주변을 검게 채웠다.

'뭐라고 그랬더라?'

카록은 신성이 한 말을 떠올려 보았다. 무기를 챙기라는 것까지는 생각났는데 다른 건 잘 떠오르지 않았다. 무언가 상당히 중요한 말이었다.

카록이 임프들 가운데에서 고민에 빠질 때였다.

콰아아아아앙!

밑에서 치솟은 거대한 돌이 임프들을 쓸어버리며 카록의 옆을 스쳐 지나갔다. 총알처럼 빠르게 스쳐 지나갔는데 그것만으로도 베리어 하나가 깨져 버렸다.

"크헉!"

엄청난 고통에 정신을 차린 카록의 얼굴이 새파랗게 질리기 시작했다.

"과, 광산 밖으로 도, 도망치라 했다!"

그제야 카록은 광산 밖으로 뛰기 시작했다. 앞을 막아서는 임프들을 망치로 박살 내며 달려 나갔다. 임프들이 미친 듯이 날뛰며 카록을 뒤쫓았다.

콰아앙!

무언가 폭발하는 소리와 함께 바닥이 갈라졌다. 수십의 임프가 갈라진 바닥으로 사라졌다. 아슬아슬하게 갈라진 바닥을 피하며 달렸지만 카록은 멈출 수밖에 없었다.

콰아아아아!

분출된 마그마가 광산 바닥을 뚫고 치솟아 올랐기 때문이다. 카록은 다급히 몸을 날리며 앞으로 굴렀다. 뒤따라오던 임프들이 그대로 마그마에 녹아 사라졌다.

'부, 불꽃의 핵이 터졌다! 큰일이다!'

카록은 이 사태가 어떻게 된 것인지 드디어 이해가 되었다. 신성이 자신에게 한 질문이 머릿속을 스쳐 지나갔다. 카록의 얼굴이 더욱 창백해졌다. 불꽃의 핵은 초원뿐만 아니라 그 주변에까지 영향을 미쳤다. 그것이 만약 폭주해서 폭발한다면 남은 것은 멸망뿐이었다.

"으, 으아아!"

카록은 미친 듯이 달렸다. 아직도 주변에 임프들이 가득했지만 임프 따위를 신경 쓸 겨를이 없었다. 마그마가 마구 분출되며 불기둥을 만들었고, 주변이 급격히 뜨거워졌다.

"키애애액!"

"캑!"

불길에 휩싸여 수천의 임프가 한순간에 죽어버렸다. 카록을 막아서던 임프들이 분출된 마그마에 휩쓸려 사라졌다.

피우우우우웅!

폭죽이 치솟아 올라가는 소리와 함께 거대한 지각이 뿜어져 나왔다. 그것이 광산의 벽을 때리며 저 먼 곳으로 사라졌다. 바닥이 요동치며 부풀어 올랐다.

"으아, 뜨겁다!"

베리어가 아니었다면 아마 타 죽었을 것이다. 무너지는 바닥을 밟으며 앞으로 나아갔다. 점프하고 바닥을 기고 구르며 간신히 광산 밖으로 나갈 수 있었다.

'바, 밖이다!'

광산 밖으로 나왔으니 그래도 조금은 더 안전할 것으로 생각했지만, 너무나 안일하고 짧은 생각이었다.

콰가가가가! 콰앙! 퍼엉!

초원이 유리가 깨지듯이 갈라지며 불기둥이 하늘 높이 치솟았다. 카록의 입이 벌어졌다. 초원에 가득하던 개미가 불기둥에 휩싸여 하늘 높이 마구 튕겨 오르고 있었기 때문이다. 개미가 불타며 마치 유성처럼 주변에 떨어졌다.

콰르릉!

광산의 입구가 무너졌다. 안에 임프들이 있는데 곧 모두 타 죽을 것이다.

카록은 다시 미친 듯이 뛰었다. 멸망해 가는 초원 위에서 살기 위해 발버둥을 쳤다. 땅 밑에 사는 대형 몬스터 하나가 치솟아 오르더니 조각나며 카록의 주변에 떨어졌다.

초원의 악마로 불리는 녀석이다. 오우거를 통째로 잡아먹을 수 있는 엄청난 놈인데 폭발을 이겨내지 못하고 죽어버렸다.

초원이 멸망하고 있었다. 수많은 몬스터가 영문도 모르고 그대로 녹아내렸다. 초원 개미들의 울부짖음이 들려왔다.

피우우웅! 콰앙!

거대한 지각이 하늘로 치솟다가 바닥에 떨어지며 초원을 쑥대밭으로 만들었다. 광산에서 뿜어져 나오는 용암이 초원을 향해 파도치며 밀려왔다. 하늘에서는 용암이 수없이 떨어져 내리고 있었다.

카록은 전력으로 달리려 했지만, 초원 바닥이 젤리처럼 느껴져 제대로 달릴 수가 없었다. 초원 밖으로 나가는 것은 무리였다. 이미 카록의 앞에는 거대한 불기둥이 치솟아 올라 있고 주변이 모두 갈라져 갈 곳이 없었다.

"나, 나 죽는다!"

도망칠 곳이 없었다. 초원은 이미 모조리 불바다가 되어버렸고, 재앙은 더욱 거대해지고 있었다.

카록이 덜덜 떨며 다가오는 불기둥을 바라보는 순간이다. 저 멀리서 하늘을 가르며 붉은 무언가가 다가왔다.

"어? 어억?!"

하늘을 가르며 날아온 거대한 존재는 붉은 드래곤이었다. 마그마처럼 이글거리는 비늘을 지니고 있고 홍염에 둘러싸여 있었다. 붉은 드래곤이 카록을 발로 잡고 그대로 하늘 위로 치솟아 올랐다.

"으아아아아악!"

멀어지는 대지를 보며 카록이 비명을 질렀다. 뭐가 어떻게
된 것인지 카록은 도저히 이해를 할 수 없었다.

"드, 드래곤?!"

전설 속에서나 존재하는 것이 바로 드래곤이다. 오우거에게
도 전설 속의 존재로 전해져 내려오고 있다. 그런 드래곤에게
매달려 하늘을 날고 있는 것이다.

[아슬아슬했어.]

"혀, 형님?!"

[뭘 그렇게 놀라?]

"시, 신이면서 드래곤?"

설마 신성이 드래곤일 줄은 예상 못한 카록이다.

[꽉 잡아!]

"아, 알았다!"

드래곤과 오우거가 하늘을 날고 있다.

＊　　　＊　　　＊

분화구에서 나온 신성은 필사적으로 도망치는 카록을 간신
히 구출할 수 있었다. 아직 홍염룡 상태라 불을 지배할 수 있

었기에 비행에는 문제가 없었다.

하지만 홍염룡 상태를 오래 지속할 수는 없었다. 드래곤 하트에 부담이 심했기 때문이다. 완전한 드래곤이 되었지만 속성 변환은 많은 부담을 주는 권능이었다.

이윽고 홍염룡이 풀리며 본래의 상태로 돌아왔다.

초원을 가르며 치솟아 오른 불기둥을 피하며 최대한 먼 곳으로 향했다. 불이 붙은 돌덩어리가 하늘로 치솟아 시야를 가렸지만 멈출 수는 없었다.

"초, 초원이……."

카록의 목소리가 들려왔다. 신성은 아래를 바라보았다. 도저히 초원이라고는 생각할 수 없었다. 박살 난 대지와 치솟는 불길, 파도처럼 밀려오는 용암.

마치 지옥을 연상시켰다.

'너무 과했나?'

임프만 쓸어버려도 충분히 만족할 만한 성과인데 초원 자체를 날려 버린 신성이다.

신성은 초원을 벗어나 착지했다. 바닥에 내려오자마자 카록이 주저앉으며 거친 숨을 내쉬었다. 신성은 휴먼족으로 변하며 카록의 옆에서 초원을 바라보았다.

피우우웅! 쾅! 카가가가! 카앙!

계속해서 폭발이 일어났다. 용암의 비가 내리고 거대한 지각이 하늘로 치솟았다가 내려앉았다.

[LEVEL UP!]
[LEVEL UP!]
[LEVEL UP!]

"……."

레벨이 미친 듯이 오르고 있었다. 이미 200을 넘어섰는데 아직도 멈추지 않았다.

"으, 으아! 힘이 넘친다!"

갑자기 카록이 벌떡 일어났다. 그러고 보니 카록과는 파티를 한 상태이다. 신성이 얻은 경험치 일부를 카록도 얻을 수 있었다. 카록에게서 빛이 나더니 덩치가 커지기 시작했다. 초록색 피부가 사라지고 흰 피부가 되었다. 튀어나와 있는 이빨도 더 길어졌다.

[파티원 카록이 오우거에서 그레이트 오우거로 진화하였습니다.]

[A] 그레이트 오우거
위대한 하얀 오우거.

오우거 일족에게 명령을 내릴 수 있다고 알려져 있다. 가장 위대한 전사만이 그레이트 오우거에 도달할 수 있다. 그레이트 오우거가 되기 위해서는 막대한 경험과 세월이 필요하다. 때문에 근 오백 년간 그레이트 오우거는 어비스에 존재하지 않았다.

엄청난 세월과 경험을 가볍게 넘어서는 경험치를 한번에 얻어 진화한 것이다. 카록은 영문을 모르겠다는 표정이다. 대장장이인 자신이 어째서 그레이트 오우거가 되었는지 이해를 하지 못했다.

"다 내 덕분이야."

"으, 으음."

신성과 카록은 폭발하는 초원을 바라보았다.

신성은 아주 잘 타고 있다고 생각했다.

폭발이 진정되기까지는 꽤 오래 걸렸다. 이틀 정도 시간이 지나자 간신히 잠잠해졌다. 그러나 아직 뜨거워 다른 몬스터들이 접근할 수 없었다.

[14개의 몬스터 부족을 전멸시켰습니다.]

*모두 불꽃의 핵을 파먹던 몬스터 부족이었습니다. 불꽃의

핵이 당신에게 고마워합니다.

[대량 학살! 엄청난 위업을 달성!]
*보상 : LEVEL UP×10

[칭호를 획득하였습니다.]

[A+] 멸망을 내리는 자
어비스의 서쪽 초원을 멸망시켜 얻은 칭호.
많은 몬스터들이 당신이 벌인 일을 두려워하며 당신을 따르
거나 당신을 처단하려 할 것이다.
*신성의 랭크가 두 단계 상승한다.

[중급신이 되었습니다.]
*악신의 신도들이 다양한 형태로 2차 각성을 할 수 있습니
다.
*영혼 계약 관리국을 설치하여 탐욕스러운 자들의 영혼을 수
집할 수 있습니다.
*암흑대신전을 건설할 수 있습니다. 암흑대신전에서는 이단
심문, 고문 등 다양한 활동을 할 수 있습니다. 고통과 쾌락의 축
제를 여는 등 다양한 방법으로 포교할 수 있습니다.

*당신을 믿는 신도들이 늘어납니다.

정보창은 빽빽했다. 레벨은 무려 260에 이르렀고 대량의 스킬 포인트를 획득했다. 게다가 중급신이 되어버렸다.

어비스에 온 지 얼마 되지 않아 이루어진 엄청난 폭렙이다. 더욱 무서운 점은 아직도 경험치가 쌓이고 있다는 것이다. 초원의 멸망으로 인한 여파가 몬스터들을 휩쓸고 있기 때문이다.

주변에 토네이도가 발생했고 작물이 말라비틀어지는 등 그 여파는 대단했다. 계절도 갑자기 변해 식량난이 발생할 가능성이 컸다. 모두 신성이 한 일로 계산되어 경험치가 되고 있었다.

신성은 정보창을 끄고 지배의 핵을 꺼냈다. 신성의 입가에 미소가 떠올라 있다.

초원이 멸망하여 초원에는 그 누구도 존재하지 않았다. 그 말은 지배의 핵을 이용하면 초원을 꿀꺽할 수 있다는 뜻이다.

몬스터를 굴복시켜야 한다는 조건은 이미 모두 전멸시킴으로써 달성했다. 지배의 핵을 바닥에 내려놓자 지배의 핵이 초원에 스며들었다.

[어비스 서부 초원이 당신에게 귀속됩니다.]

[어비스 서부 초원에 새로운 지배자가 등장하였습니다.]

*이렇게 사악할 수가! 당신은 진정한 악신입니다!

*악신의 사악함에 마계의 마족들이 두려움을 느낍니다.

*악신의 사악함에 어비스의 몬스터들이 두려움을 느낍니다.

*악신의 사악함에 거인족이 섬뜩함을 느낍니다.

광활한 서부 초원을 순식간에 꿀꺽한 신성이다.

CHAPTER 6

드래고니아 I

서부 초원은 광활했다.

어비스에서도 대단히 넓은 땅이었다. 임프들을 몰아내고 광
산 지역만 꿀꺽해서 본격적으로 영지를 세우려는 계획이었지
만 서부 초원이 신성의 것이 되어버렸다. 이렇게 스케일이 커
진 것은 그의 의도가 아니었지만 어쨌든 대단한 이득이니 신
성은 기분이 좋았다.

삼 일이 지나고 나서야 흐르는 용암이 식고 불꽃의 핵이 잠
잠해졌다. 마그마는 다시 초원의 지하에 흘렀고, 초원에서는
뜨거운 김이 솟아나고 있었다. 지금은 땅이 너무 뜨거워 아무

것도 살 수 없었다.

신성은 고개를 들어 초원을 바라보았다.

'다 없어져 버렸네.'

초원은 그야말로 처참했다.

아무것도 존재하지 않았다. 뜨거운 김과 반짝이는 검은 대지만이 보일 뿐이다. 아름답던 호수도 증발해 버리고 숲도 사라졌다.

푸르던 초원도 사라지고 없었다.

누군가 본다면 죽음의 대지로 보일 것이다.

그러나 드래곤의 눈으로 본 대지는 달랐다. 너무나 아름답게 빛나고 있었다.

이곳은 대단한 가능성을 지닌 땅이었다.

스윽!

신성은 손을 뻗어 검을 땅을 헤집어보았다.

굳은 용암이 깨지며 용암이 품고 있던 보석들이 보였다. 보석뿐만 아니라 녹지 않은 마정석들이 조각나 붙어 있었다. 검은 돌에 묻어난 마력 황금 가루도 보였다.

신성의 얼굴에 미소가 떠올랐다.

'대박이네.'

초원이 폭발하며 지하에 있던 자원들이 초원 위로 떠오른 것이다. 용암이 굳으면서 자원의 조각들이 마력으로 인해 다시 뭉치며 모습을 드러냈다. 절망만이 가득하던 검은 땅이 반짝반짝 빛나고 있었다. 게다가 몬스터들이 사라지며 드롭한 아이템이 사방에 깔려 있었다.

이런 땅은 아르케디아 온라인에서도 찾을 수 없을 것이다. 불꽃의 핵이 가져다준 영양분, 그리고 풍부한 마력을 머금고 있는 초원은 아무거나 심어도 아주 잘 자랄 것이 분명했다.

오우거 광산은 훨씬 커져 있었는데 용암과 지각이 분출된 결과로 보였다. 이제는 오우거 광산보다는 드래곤 마운틴이라 부르는 것이 좋을 것 같았다.

워낙 먼 거리이고 뜨거운 김에 가려 잘 보이지는 않았지만 산 주변은 커다란 수정으로 가득했다. 깊은 지하에서만 채취할 수 있는 수정이다.

"땅이 매우 좋다! 하지만 예전처럼 초원을 이루려면 많은 세월이 필요할 것 같다!"

카록이 곡괭이로 검은 돌을 때려보고 말했다.

카록조차 매우 놀랄 정도로 대단한 땅이었다. 초원은 사라지고 반짝이는 검은 대지가 되었다. 모든 생명이 사라졌기에 다시 예전과 같은 모습을 찾으려면 꽤 시간이 걸릴 것 같았다. 그러나 신성에게는 다른 방법이 존재했다.

조금 힘들기는 하겠지만 엘브라스의 권능을 사용하는 방법이다.

"일단 주거지를 만들어야겠어. 카록, 집이나 한 채 지어줘."

"흠, 알았다."

검은 대지 밖에는 나무가 꽤 있었다.

폭발의 여파로 불길에 휩싸였지만 멀쩡한 나무도 상당수 존재했다.

주거지를 만드는 방법은 간단했다. 자신의 땅에 집 한 채를 지으면 되었다. 주거지를 세우게 되면 정식으로 자신의 영지가 된다고 선포할 수 있게 된다.

선포를 하게 되면 아르케디아인이나 몬스터들이 이곳이 누구의 땅인지 알 수 있고 함부로 침입할 수 없었다. 침입은 곧 전쟁을 의미하기 때문이다.

이 광활한 땅을 통일한 존재는 신성이 최초였다. 여러 부족이 매일 전쟁을 했지만 누구도 통일을 할 수 없었다. 신성은 모두를 쓸어버리는 방법으로 통일을 달성했다.

가장 깔끔한 방법이었다.

카록은 거대한 나무들을 베어와 순식간에 주거지를 만들었다. 카록의 솜씨는 대단해서 신성도 고개를 끄덕이며 흡족한 미소를 지을 정도였다.

"흠! 벽돌을 만들어 쌓고 싶지만 도구가 부족하다! 도구를 만들어야겠다!"

"이 정도면 충분해. 잘 만들었어."

오두막이지만 오우거가 만든 주거지답게 꽤 컸다.

카록은 나름 방책도 세우고 화장실도 만들었다.

카록은 그레이트 오우거가 되면서 전체적인 스탯이 폭발적으로 늘어났고 스킬도 모두 늘어난 것 같았다. 그것은 신성역시 마찬가지였는데 신성은 얻은 스킬 포인트를 모조리 드래곤의 육체에 투자했다.

그 결과 육체 스펙이 달라졌다. 힘 조절이 잘되지 않아 애먹었는데 엄청난 성장을 한 번에 해버렸으니 당연한 결과였다.

'경험치가 가만히 있어도 오르니 참 편하네.'

폭발의 여파는 경험치가 되어 신성에게 쌓이고 있었다. 폭발의 여파 때문에 주변의 몬스터들이 사라져 가고 있었다.

신성은 오두막을 살펴보다가 만족스러운 미소를 짓고는 자신의 영지가 되었음을 선포했다.

[최하급 주거지가 탄생하였습니다.]

[영지를 선포합니다.]

[영지의 이름을 정해주십시오.]

신성은 잠시 대지를 바라보았다. 이곳의 지배자가 누구인지확실히 알려줄 필요가 있었다.

"드래고니아."

드래곤이 사는 곳을 뜻한다.

[서부 초원이 드래고니아로 바뀌었습니다.]
*최하급 오두막이 드래곤 레어와 연결되었습니다. 최하급 오두막의 이름이 드래곤의 쉼터로 바뀝니다.
*축하합니다. 쉼터에 영지 관리 탭이 생성되었습니다.
*쉼터에서 여러 가지 환경 아이템을 구매해 드래고니아에 배치할 수 있습니다. 엘브라스 상점을 이용한다면 더욱 풍족한 땅을 만들 수 있을 것입니다.

조언
*행운이 높다면 엘브라스의 랜덤 박스를 이용해 보도록 하자.

신성을 중심으로 빛이 뿜어지며 검은 대지를 향해 뻗어갔다. 서부 초원은 옛 이름으로 사라지고 드래고니아가 되었다.

세이프리나 신루는 정확히 따지자면 루나의 것이다. 신성은 루나와 동등한 자격으로 관리하고 있는 것뿐이다.

드디어 신성의 영지가 생겼다. 드래곤 레어도 신성의 땅이었지만 이 광활한 영지에 비할 수는 없었다.

자신의 영지가 생기니 왠지 모를 감동이 밀려왔다.

'좋네.'

워낙 넓고 자원이 풍족하다 못해 넘치는 땅이니 발전해 나가는 재미가 있을 것이다.

이곳에 생명을 불어넣는 일은 엘브라스의 권능으로 해결하면 되었다. 그리고 상점을 이용한다면 영지를 꾸미는 데 큰 도움이 될 것 같았다.

신성은 세이프리에서 물자 지원이 올 때까지 대충 환경을 주성해 놓을 생각이다. 김갑진이 이 소식을 듣는다면 아마 깜짝 놀라 기절할지도 모른다.

"오! 드래고니아! 멸망이 내린 검은 대지 위에 세우다! 내 자서전에 쓸 생각이다!"

오두막에 앉아 작품 활동을 시작한 카록이다. 신성은 피식 웃고는 드래곤의 쉼터를 나와 드래고니아 안으로 걸어갔다. 발밑에서 흐르는 마그마가 느껴졌다.

불꽃의 핵은 신성에게 많은 힘을 주고 있었다. 불꽃의 핵도 불꽃으로 이루어져 있으니 신성이 지배할 수 있었다. 홍염의 드래곤은 그만큼 강력한 권능이다. 신성이 마력을 흘리자 들끓던 마그마가 조금씩 가라앉기 시작했다.

"해볼까?"

힘을 충분히 사용할 생각이다.

어차피 당분간 전투는 없을 것이다. 드래고니아 밖에 불어 닥친 재해는 한동안 계속될 것 같으니 말이다. 신성은 엘브라스의 권능을 일으키며 지청룡으로 변했다.

거대한 육체가 드래고니아에 모습을 드러냈다. 엘브라스의 권능에는 정령을 소환하는 힘이 있었다. 나무의 정령을 포함한 대지의 정령들은 드래고니아를 생명체가 살아갈 수 있는 곳으로 만들어줄 것이다.

[나와라.]

용언이 발현되는 순간 신성의 주변에서 빛이 뿜어져 나왔다. 작은 알갱이처럼 보이는 하급 정령부터 제법 큰 상급 정령까지 다양한 정령들이 모습을 드러냈다.

[오! 새로운 땅!]

[영양분이 가득해!]

[심자! 심자!]

정령들은 무척이나 기쁜 듯 신성의 주변을 날아다녔다. 신성이 숨을 내쉴 때마다 정령들이 사방으로 퍼져 나가며 검은 대지에 깃들었다.

투둑!

검은 암석들이 갈라지며 초록빛 새싹이 돋아났다. 엘브라스가 엘브라스라 불리는 숲을 탄생시킨 것처럼 생명이 깃들고 있는 것이다.

신성이 주변을 바라보며 숨을 들이마셨다. 정령들이 눈을 깜빡이며 신성의 주변으로 모여들었다.

[뭐 하는 거야?]

[뭐 해?]

[드래곤, 뭐 해?]

강력한 마력을 담은 드래곤 브레스가 뿜어져 나갔다. 정령들이 마력에 휩쓸리며 저 멀리 날려갔다.

[꺄아!]

[날아간다!]

[이얏호!]

콰가가가!

공간을 가르며 뿜어져 나간 브레스가 드래고니아에 부딪쳤다. 검은 암석이 사방으로 튀어나가고 충격파가 주변을 휩쓸었다. 드래곤 하트의 모든 마력을 짜내어 브레스를 유지했다.

브레스가 부딪친 곳에 초록빛이 감돌더니 거대한 나무가 솟아나기 시작했다. 마치 살아 있는 것처럼 꿈틀거리던 나무들이 자리를 잡으며 주변에 꽃을 만들었다.

순식간에 꽤 큰 숲이 만들어졌다. 영양분이 풍부하기 때문인지 숲 주변이 점차 초록빛으로 물들어가고 있었는데, 벌써 어비스에 서식하는 곤충들이 저 멀리서 날아오고 있었다.

[작은 숲이 생성되었습니다.]

*숲은 빠른 속도로 확장될 것입니다.

*온갖 생물이 모여듭니다. 대지에 이롭지 않은 생물은 정령들이 몰아낼 것입니다.

*대지의 정령들이 기뻐하며 성장합니다.

*정령들이 대단히 만족해합니다. 정령들이 이곳에 정령계를 만들고 싶어합니다.

안전모를 착용한 정령들이 암석을 파내며 그곳에 나무를 심거나 씨앗을 뿌리고 있다. 어비스의 마력이 정령들과 잘 맞는지 정령들도 성장하고 있었다.

신성은 한동안 휴식을 취한 후 반복해서 숲을 크게 만들었다. 그럭저럭 커다란 숲이 만들어지기까지 삼 일이라는 시간이 걸렸다. 대단히 짧은 시간이다.

드래고니아가 자력으로 이런 숲을 만들려면 수십 년의 세월이 필요할 것이다.

"대충 기틀은 되었고······."

드래고니아에 성장의 씨앗을 뿌려놓는 것만으로도 충분했다. 땅이 워낙 좋아 알아서 자랄 것이다. 신성은 드래곤의 쉼터로 돌아왔다. 카록은 신성이 만든 숲을 보며 감탄하고 있었는데 수첩에 상세히 기록 중이었다.

"쉼터가 더 커졌는데?"

"손을 봤다! 하지만 아직 부족하다! 더 크고 더 아름답게 만들어야 한다!"

카록은 화덕을 만들고 벽돌을 생산해 쉼터를 다시 꾸몄다. 정령들과도 친해졌는지 카록의 몸 위에는 정령들이 가득했다. 카록의 몸에 꽃을 심었는데 털 대신 꽃이 자라나고 있었다.

카록은 이대로 마을 하나를 만들 기세였다. 정령들도 도와주니 작업 속도는 대단히 빨랐다.

'차원의 뮤과 꽤 가까우니 이곳을 지금 발전시키는 것도 나쁘진 않겠지.'

본격적으로 도시를 구축할 지역은 광산 근처였다.

신성은 쉼터에서 영지 관리 탭을 눌러보았다. 드래고니의 맵이 떠올랐다.

'아직 엉망이군.'

드래고니아 가운데에는 거대한 광산이 있고 그 주위에는 아무것도 존재하지 않았다.

서쪽 끝에 생성된 숲은 광활한 드래고니아에 비하면 대단히 작게 느껴졌다.

드래고니아에 도시를 세우고 발전시켜 나가야 했다. 대도시가 된다면 세계수도 세울 수 있다. 차원과 차원의 이동은 불가능하지만 어비스에서 세계수끼리는 이동은 가능했다. 대도시가 된다면 세계수를 대량 생산해 드래고니아 곳곳에 배치할 생각이다.

신성은 상점을 열었다. 엘브라스의 상점에서 '환경 탭을 눌렀다. 다양한 상품이 있었는데 가격은 꽤 합리적인 편이었다.

[C] 맑은 호수 세트

다양한 물고기가 살아갈 수 있는 호수.

호수 세트 안에는 200종의 물고기와 100종의 희귀 식물이 랜덤으로 들어 있는 박스가 포함되어 있다.

호수는 영지 관리에서 호수를 배치할 수 있는데, 호수를 대량으로 구매해 연결하면 거대한 호수를 만들 수 있으니 참고하도록 하자.

가격 : 100KC

유지비 : 80KC→없음(정령)

[B] 비구름 세트

비구름을 만들어낼 수 있는 소환석이 들어 있다. 비구름 세트를 구매해서 설치하면 영지를 돌아다니며 물이 부족한 곳에 비를 내리게 할 수 있다. 작은 소나기부터 장마까지 조절할 수 있다.

특별 행사 기간이라 '벼락'도 포함되어 있다. 영지와 적대적인 세력이 침입할 경우 벼락을 내려 벌하도록 하자.

　가격 : 150KC

　유지비 : 100KC→없음(정령)

　영지에 필요한 것들이 가득했다.

　인벤토리에 있는 돈은 많지 않았지만 그것은 문제가 되지 않았다. 드래곤 레어와 연결되어 있어 이곳에서 구매하게 되면 드래곤 레어에서 지급되는 방식이었다.

　'정령 뽑기가 대박이었군.'

　정령 뽑기는 신성에게 막대한 돈을 쥐어주었다. 세계수에 투자한 값어치를 톡톡히 해내고 있었다. 신성은 일단 호수 세트 20개, 비구름 세트 30개를 샀다.

　돈은 쓰라고 있는 것이다. 신성은 돈을 아끼지 않았다.

　50개의 박스가 신성의 앞에 쌓여 있다. 신성은 망설임 없이 박스를 열었다. 그러자 영지 관리 탭에 자동으로 배치되었다.

　신성은 지도를 보며 비구름을 배치했다. 워낙 드래고니아가 커서 30개만으로는 제대로 효과를 볼 수 없었다. 추가로 70개를 더 구매하자 그럭저럭 운용할 수 있는 수준이 되었다.

　호수도 마찬가지였다. 작은 호수들을 배치한 후 광산 주변에 거대한 호수를 만들었다. 상자 100개를 추가 구매한 후에야 신성이 만족할 만한 수준이 되었다.

[영지 드래고니아의 랭크가 생성되었습니다.]

[D] 제법 살 만한 드래고니아

풍부한 수자원, 광물이 있어 살 만한 영지.

이곳이 제법 살 만하다는 소문이 어비스에 퍼지기 시작했다. 주변 몬스터들이 귀화 요청을 해올 수도 있다. 그들을 받아들이면 인구수가 증가하게 된다.

영지 특성

*[A] 가속 성장 : 모든 생물이 400% 빠르게 자란다.

*[A+] 풍부한 자원 : 불꽃의 핵이 존재하는 한 자원이 고갈되지 않는다. 불꽃의 핵은 자원이 풍부하게 함유된 용암을 주기적으로 분출해 준다.

*[A+] 정령들의 고향 : 정령들이 이곳을 고향이라 생각하며 번식하기 시작한다. 정령계가 생성되면 랭크가 상승한다. 정령계가 탄생하면 최초로 정령왕이 나타날 수도 있다.

영지 랭크가 생기며 영지의 특성이 생성되었다. 엄청난 특성을 지닌 영지가 된 것이다.

'마음에 드는군. 이곳을 최고로 만들겠어.'

이렇게 되니 신성은 욕심이 났다. 더 많은 돈을 투자해 꾸

미고 싶어 손이 근질근질했다. 드래곤이 사는 영지이다. 최고
가 아니라면 곤란했다.

엘브라스의 상점에는 많은 아이템이 있어서 신성의 구매욕
을 자극했다.

엘브라스 상점의 판매 리스트에서 반짝이는 것이 있었다.

[??] 엘브라스의 랜덤 박스
엘브라스의 권능이 깃든 랜덤 박스.
최하급 한견 아이템부터 레전드급 환경 아이템까지 획득할
수 있다. 자신의 운을 시험해 볼 좋은 기회이다.
*10+3행사 기간!
박스 열 개를 구매하면 박스 세 개를 무료로 지급.
가격 : 200KC

엘브라스다운 아이템이었다.

*   *   *

이 세상에 루나와 신성 외에 신이 있다면 바로 지름신일 것
이다. 신성의 옆에 지름신이 강림해서 그의 손을 꼭 붙잡았다.
마력 코인은 많았다. 아직도 계속해서 쌓이고 있는 중이다.

'돈이 있으면 질러야지!'

옛날 생각이 났다. 원룸에 살며 게임에서 번 돈을 모두 다시 게임에 투자한 나날들이 떠올랐다. 기쁨과 절망을 모두 느끼게 해준 것이 바로 저 랜덤 박스였다.

게임사를 욕하면서도 끊을 수 없는 마약과도 같은 것이었다.

가격은 게임과 비교할 수 없었다.

하나당 대략 20억이었다. 예전이었다면 지를 엄두조차 나지 않았을 것이다. 20억만 있어도 평생 먹고살 수 있으니 말이다. 그러나 지금의 20억은 돈 같지도 않은 느낌이다.

신성은 망설임 없이 구매 버튼을 눌렀다.

일단 100상자를 질렀다. 100개를 구매하니 30개가 보너스로 따라왔다. 130개의 상자가 신성의 앞에 쌓였다.

오두막 앞에 기묘한 빛을 내는 상자가 잔뜩 쌓이자 카록이 다가왔다.

"기묘한 상자! 뭔지 궁금하다!"

"랜덤 박스라는 거야."

신성은 랜덤 박스에 대해 간략하게 설명해 주었다. 카록은 뛰어난 장인답게 머리가 좋아 금세 설명을 알아들었다.

카록은 고개를 끄덕이고는 신성을 바라보았다.

"그렇다면 행운을 높여주는 오우거 일족의 춤을 춰야겠다!"

"그런 것도 있어?"

"음! 대장장이는 운도 좋아야 한다. 똑같은 환경, 똑같은 실력으로 장비를 만들어도 결과는 다르다! 환경, 실력, 그리고 운이 모두 좋아야 위대한 장비가 탄생하는 것이다!"

카록이 가슴을 치며 말했다.

"맞는 말이네. 제법인데?"

"흠흠! 당연하다!"

신성이 칭찬해 주자 기분이 좋아진 카록이다. 신성은 상자 위에 자리를 잡고 앉았다.

"그럼 빨리 해봐."

"알았다!"

카록이 진지하게 자세를 잡더니 손을 뻗고 신음을 냈다.

"음, 형님, 음악이 필요하다."

"가지가지 하네. 그냥 춰."

"아, 알았다."

다리를 벌리고 손을 앞으로 뻗은 카록은 느릿하게 움직이며 춤을 추기 시작했다. 구수한 느낌이 나는 동작이었는데 배가 볼록한 카록의 신체와 무척이나 잘 어울렸다. 무반주라 춤이 어색해 보였지만 카록은 땀이 날 정도로 열심히 췄다.

[신난다!]

[와!]

[춤추자!]

주변에 있던 정령들이 카록의 주변으로 몰려와 같이 춤을 추기 시작했다. 정령들이 악기를 만들어 연주했다. 불꽃을 품은 정령은 모닥불을 피웠고, 그 주위에서 음악 소리가 울려 퍼졌다.

정령들은 흥겨운 리듬에 춤을 추며 날아다녔다. 카록의 춤도 탄력이 붙기 시작했다.

"오, 꽤 괜찮네."

카록이 춤을 추는 모습은 아름답지 못했지만 나름 흥겨운 기분이 되게 해주었다.

신성은 손가락을 까딱이며 리듬을 탔다. 불길이 더욱 거세지며 노랫소리가 커졌다.

요란하던 춤이 끝나자 주변에 빛이 감돌았다.

[C+] 오우거와 정령의 춤
행운을 불러준다는 오우거의 춤을 정령들이 같이 추었다. 행운이 크게 상승한다.
*행운+100(4시간)

버프가 걸렸다. 행운이 꽤 오르는 좋은 버프였다. 신성이 카록에게 엄지를 치켜들자 카록이 헉헉거리면서 엄지를 치켜들었다. 이제 상자를 여는 일만 남았다. 제일 재미있는 일이지만 긴장되는 순간이기도 했다.

신성의 주변으로 카록과 정령들이 모여들었다.

"연다!"

상자 하나를 열었다. 상자에서 빛이 나며 공중으로 치솟더니 제자리에서 마구 돌다가 펑 터지며 자욱한 연기가 나왔다. 신성은 두근거리는 마음으로 연기를 바라보았다.

휘이이익!

신성의 손 안에 은빛을 내뿜는 동전 하나가 떨어졌다. 환경 코인이다.

[D] 거대 지렁이 코인

토질을 더욱 비옥하게 만들어주는 지렁이가 들어 있는 코인. 보통 지렁이보다 훨씬 크며 꽤 귀여운 생김새를 지녔다. 식용으로도 쓸 만하다.

영지에 등록한다면 영지 전역에 거대 지렁이가 출몰할 것이다.

"지렁이?"

"지렁이다!"

[지렁이야!]

[와!]

신성의 말에 카록과 정령들이 좋아했다. 그러나 이것은 만족스러운 결과가 아니었다. 신성은 연속으로 상자를 열기 시작했다.

펑! 펑! 펑!

작은 식물부터 식용 가능한 동물까지 다양하게 나왔다. 그러나 높은 등급은 좀처럼 뜨지 않았다. 행운이 높기에 꽝이 뜨지 않는 것만으로도 다행이었다.

신성은 바로바로 환경 코인이 드래고니아에 적용되게 했는데 환경 코인이 나올 때마다 주변에 동식물들이 나타났다. 작은 토끼부터 거대한 소까지 종류가 다양했다. 상당히 많이 나왔는데 드래고니아로 흩어져 번식할 것이다.

"오! 맛있는 큰뿔들소이다! 이렇게 커다랗고 건강한 큰뿔들소는 드물다! 우유도 맛있고 고기도 맛있다! 오우거가 가장 좋아하는 동물이다!"

카록이 흥분하며 외쳤다.

'좀 더 쓸 만한 게 나왔으면 하는데.'

상자를 계속 열었다. 자원 코인도 상당히 많이 나왔다. 과일나무부터 시작하여 수정 광산에 이르기까지 종류가 다양했다. 드래고니아가 풍족하게 채워지는 모습을 보니 그럭저럭 마음에 들었다. 맵에 배치하는 재미도 있었다. 이 맛에 랜덤 박스를 지르나 싶었다.

계속해서 상자를 여니 엘브라스 부럽지 않은 환경이 되어
가고 있다. 아마 엘프들이 이곳에 도착한다면 깜짝 놀랄 것이
다. 말들이 무리 지어 뛰어다니고 그 위에 커다란 새들이 날
아다녔다. 정령들이 거대한 지렁이를 타고 다니며 씨앗을 심
었다.

아르케디아 온라인에서도 보지 못한 광경이다.

'대박 하나만 떴으면 좋겠는데.'

계속해서 상자를 열었다. 카록이 정령들과 함께 두 팔을 들
었다. 신성을 제외한 모두가 거의 축제 분위기였다.

"나와라! 나와라!"

[좋은 거 나와라!]

상자가 펑 터지며 금빛으로 빛나는 코인이 신성의 손에 들
렸다. 화려한 금빛에 모두가 감탄했다. 딱 봐도 대단한 아이템
티가 났다.

[A] 마력의 태풍

마력의 힘을 지닌 거대한 태풍.

마력의 태풍은 영토의 부정한 것들을 정화하고 날씨의 균형
을 맞춰준다. 적이 침입할 시 거대한 토네이도를 만들어 갈기갈
기 찢어버린다. 태풍 앞에서 약한 것들은 죽을 것이고 살아남
은 것들은 더욱 크게 성장할 것이다.

영지의 주인이 직접 컨트롤할 수 있고 특별한 조종이 없을 시에는 주기별로 나타나게 된다.

마력의 태풍이 지나간 자리에는 차원의 파편이 깃들게 된다. 마력의 태풍은 해당 영지 밖으로 나가면 소멸하지만 소멸할 때까지 영향을 미칠 수 있다.

비구름들과 함께 태풍이 나타나 준다면 드래고니아는 밸런스가 맞는 대지가 될 것이다. 게다가 적을 막아주니 대단히 좋은 환경 아이템이었다. 그리고 차원의 파편을 뿌려주니 잘만 하면 차원의 핵을 만들 수 있을 것 같았다.

차원의 핵은 어비스를 점령하는 데 중요한 아이템이다.

신성은 바로 태풍을 불러보았다. 전력으로 태풍을 불게 한다면 드래고니아의 1/10을 채울 정도로 거대해질 수 있었다.

먹구름이 몰려오고 돌풍이 불기 시작했다. 작은 정령들이 돌풍에 휩쓸려 날려갔다. 카록은 갑자기 불어오는 바람에 자세를 낮추었다.

후두둑!

나무 방책들이 저 멀리 날려갔다.

"태, 태, 태풍이다!"

[와! 태풍! 멋져!]

[날아간다!]

카록이 바람에 흔들렸고, 정령들이 바람에 날려갔다.

신성은 영지 관리 탭에서 태풍을 조작하고 있었다. 태풍은 영지의 마력을 흡수하여 게이지가 채워져야 사용할 수 있었다. 지금은 마력 게이지가 가득 차 있었다. 주변에 검은 구름이 가득 차며 비바람이 불었다. 말 그대로 하늘에 구멍이 뚫린 것처럼 비가 내렸다.

태풍에 명령을 내리는 버튼이 있었는데 '차원의 벼락'이 눈에 띄었다.

신성은 무심결에 버튼을 눌러보았다.

쾅, 콰가가가가!

빛이 번쩍했다. 푸른빛이 번쩍하더니 주변으로 벼락이 마구 내리꽂히기 시작했다.

"으, 으아아악!"

카록이 벼락을 피하며 비명을 질렀다. 벼락에 맞은 정령들은 기묘한 소리를 내더니 점차 커지기 시작했다. 벼락이 품은 에너지가 정령을 변하게 한 것이다.

[드래고니아에 벼락의 정령이 나타났습니다.]

*벼락의 정령으로 속성석 벼락의 정수를 제련할 수 있습니다.

*최상급 벼락의 정수를 얻는다면 무언가 대단한 일이 일어날지도 모릅니다.

오두막에 벼락이 떨어지며 박살이 났다. 신성이 버튼을 다시 누르자 벼락이 잠잠해졌다. 카록이 헉헉거리며 바닥에 주저앉았다.

'태풍 덕분에 강이 흐르게 되었군.'

거의 모든 것이 갖추어진 영지가 되었다.

[영지 드래고니아의 랭크가 크게 상승합니다.]

[B+] 환상의 땅 드래고니아.

자원이 넘치는 광활한 땅! 아름다운 동식물들이 가득한 환상의 대지! 아직은 부족하지만 시간이 지난다면 이곳은 어비스의 천국이 될 것이다.

척박한 땅에 살고 있는 몬스터가 매우 관심을 보이고 있다. 악신을 믿는 몬스터들이 짐을 싸서 몰려오고 있다.

추가 특성

[A] 균형의 땅 : 다양하게 기후가 바뀌어 많은 품종을 재배할 수 있다.

"역시……."

현질은 최고다!

돈은 위대했다.

드래고니아에 바른 돈이 전혀 아깝지 않았다.

놀라는 김갑진의 얼굴이 무척이나 기대되었다.

"카룩, 오우거 일족을 불러와. 특별히 마음에 드는 곳에 살 수 있게 해줄게."

"오! 고맙다! 알겠다!"

"대신 엄청 일해야 할 거야."

"오우거는 성실하다! 거인족에게 이용당하는 것보다 훨씬 좋다! 기념으로 형님의 동상을 세워주겠다!"

오우거 일족은 분명 큰 도움이 될 것이다.

쉼터를 좀 더 중축하고 본격적인 주거지 구축을 위해 세이 프리로 돌아가야겠다고 생각했다. 이제 본격적으로 어비스 점령을 위한 기틀을 마련할 때였다.

'어비스는 내 거야.'

이곳을 모두 가지고 싶은 탐욕이 꿈틀거렸다.

어비스 점령은 마계 점령을 위한 시작이었다.

CHAPTER 7

드래고니아 II

에르소나는 엘브라스에서 정예 병력을 구성했다. 엘브라스 밖으로 나가는 것을 꺼리는 하이엘프들이 앞다투어 신청했는데 그 이유는 따로 있었다. 신성이 어비스에 있다는 것이 소문이 났기 때문이다.

어비스의 진입은 신중해야만 했다. 그 수많은 임프와 몬스터를 상대하면서 영지를 구축해야 했으니 말이다.

어비스로 향하는 병력은 최대의 규모였다. 최근에 깨달음을 얻었다는 하이엘프들이 자원하여 에르소나 밑으로 들어왔다. 반쯤은 신성의 영향도 있었지만 그들은 엘브라스를 위해 무언가 하고 싶어했다.

엘레나도 참가하려 했지만 에르소나가 간신히 말려 엘브라스에 남겨놓을 수 있었다.

'벌써 머리가 아프군. 서부 초원… 그 외곽부터 시작하는 것이 좋겠지.'

서부 초원은 너무 위험했다. 몬스터의 숫자가 워낙 많아 자칫 잘못하면 몰살을 당할 우려가 컸다. 다른 대도시들도 어비스 진출을 위해 움직이고 있었다.

수인족, 드워프들은 대량의 물자를 구비해 신루 쪽으로 옮기는 중이었다. 세이프리의 중형 비공정을 이용했기에 속도는 빠른 편이었다. 엘브라스도 물자를 챙겨오기는 했지만 많은 편은 아니었다. 에르소나는 일단 영지 확보한 후에 본격적으로 진지를 구축할 생각이다.

에르소나가 차원의 문 앞에 섰다. 드디어 본격적인 험난한 싸움이 시작되는 것이다.

차원의 문 상태가 조금 이상했다. 주변이 상당히 뜨거웠다. 하지만 기능은 정상적으로 하는 것으로 보였다.

"일단 보급품은 이곳에 둔다. 주변을 토벌하고 옮길 것이다. 공격에 대비하라!"

그렇게 명령하자 엘프들이 긴장한 표정으로 무기를 움켜쥐었다.

에르소나는 엘프들을 이끌고 차원의 문을 넘었다. 차원의 문 주변은 적막했다. 기이할 정도로 조용했다. 차원의 문을 넘게 되면 바로 몬스터가 공격해 와야 했지만 몬스터는 보이지 않았다.

그 대신 다른 광경이 펼쳐졌다.

"불?"

화끈한 열기가 느껴졌다. 주변을 바라보니 온통 불바다였다. 주변의 나무들이 모조리 타오르고 있었다.

에르소나가 상황 파악을 하려는 순간이다.

콰가가가가!

엄청난 폭음과 함께 지면이 들썩였다. 에르소나와 엘프들은 정면을 바라보고는 경악할 수밖에 없었다. 지각이 하늘 위로 날아오르고 불기둥이 치솟아 올랐다. 저곳은 분명 서부 초원이 있는 곳이었다. 초원 전체가 불바다가 되어 계속해서 폭발하고 있었다.

하늘에서는 불꽃의 비가 내렸다. 불타는 지각이 거대한 운석이 되어 사방에서 쏟아져 내렸다.

"까악!"

"충격이 밀려옵니다!"

에르소나는 주변을 바라보았다.

화염이 밀려왔다. 폭발이 일어나고 있는 초원 밖이었지만 차원의 문이 있는 곳까지 여파가 미치고 있었다.

'몬스터가 없는 이유가……'

모조리 죽어버렸기 때문이다. 엘프들이 방어막을 만들며 간신히 버텼다. 이글거리는 화염이 주변을 초토화하며 땅을 뒤집었다.

"더, 더 버틸 수 없습니다!"

"물러나! 퇴각한다!"

에르소나는 차원의 문으로 빠르게 퇴각했다. 다시 지구로 돌아온 에르소나는 강한 의문에 휩싸였다.

도대체 초원에서 무슨 일이 발생한 걸까? 그 압도적인 광경은 도저히 머릿속에서 지워지지 않았다.

에르소나는 일단 차원의 문 근처에 야영지를 구축했다. 피해는 없었다. 다행히 물품을 가지고 들어가지 않은 덕분이다.

에르소나는 차원의 문을 주시했다. 차원의 문이 문 너머의 온도를 대략적으로 알려주었기 때문이다.

며칠이 지나자 다른 소론의 수인족들이 짐을 싸서 몰려왔다. 그들은 차원에 문에 당도하며 거들먹거렸지만 곧이어 에르소나와 같이 기겁하며 도망쳐 나왔다.

털이 타버린 수인족이 많았다.

"재, 재앙이 내렸다! 어비스에 재앙이!"

"처, 천지가 무너져 내리고 있어!"

"피해 상황은?"

"물품들이 다 타, 타버렸습니다!"

"이런 젠장! 이제 우린 죽었다! 무려 반년 치 예산이 들어갔다고!"

수인족들이 호들갑을 떨었다.

수인족이 가지고 온 보급품이 대부분 타버려 수인족들은 다시 자신의 도시로 돌아가야 했다.

에르소나는 신중하게 차원의 문을 주시했다. 물러날 때는 물러나더라도 원인을 규명해야 했다. 이시섬이 어비스에 있으니 무언가 관련이 있을 수도 있다는 것에 생각이 미치자 에르소나는 고개를 저었다.

'아무리 드래곤이라고 해도 그 정도 재앙은 일으킬 수 없어.'

드디어 차원의 문이 식었다.

에르소나는 병력을 대기하라고 지시하고는 소수의 하이엘프들을 뽑아 차원의 문 앞에 섰다. 사태를 파악하고 대비해야 했다. 이런 거대한 변수는 치명적으로 작용할 확률이 너무나도 높았다.

에르소나와 하이엘프들은 얼굴을 굳히며 차원의 문 안으로 들어갔다. 뜨거운 열기에 대비해 방어 마법을 펼쳤지만 뜨거운 열기는 느껴지지 않았다.

하늘은 맑고 공기는 상쾌했다. 마치 엘브라스에 온 것 같은 기분이 들었다.

"저, 저길 보십시오!"

검은 대지 위에 세워진 숲이 보였다. 숲 주변에는 정령들이 무리를 지어 날아다니며 노래를 부르고 있었다. 아름다운 동물들이 떼를 지어 몰려다녔다.

꽃은 만발하여 검은 대지 위를 화려하게 수놓고 있었다.

"저곳은… 서부 초원이었을 텐데."

그 폭발이 있던 곳이 맞았다. 폭발의 여파는 아직 그곳에 남아 있었다. 에르소나는 하이엘프들을 바라보았다. 에르소나의 시선을 받은 하이엘프들이 고개를 끄덕였다.

검은 대지로 진입하기 시작했다.

[드래고니아로 진입합니다.]
*현재 우호적인 관계입니다.

"드래고니아?"

초원의 이름이 드래고니아로 바뀌어 있었다.

이곳은 주인이 있는 곳이었다. 초원 모두를 소유한 주인이 있었다.

'서, 설마……'

에르소나는 불길한 생각에 고개를 세차게 저었다.

그 순간이다. 하늘이 순식간에 검게 변하더니 거센 돌풍이 불어 닥쳤다. 하이엘프들이 몸을 가누기 힘들 정도로 바람은 거셌다. 비가 내리며 주변이 물바다가 되었다.

콰가강!

"꺄악!"

"무, 무슨 벼락이……!"

[와! 엘프다!]

[엘프다! 우리랑 놀지!]

벼락에서 뿜어져 나온 작은 정령들이 하이엘프의 몸에 달라붙었다.

"꺄악!"

"으앗!"

몸이 굉장히 찌릿찌릿해 비명을 질렀다. 에르소나는 정령들을 거칠게 쳐냈다. 비바람이 너무 심해 앞이 잘 보이지 않았다.

"저기, 저기 마을이 보입니다!"

"당장 그리로 간다! 금속으로 된 걸 모두 인벤토리에 넣고 자세를 낮춰! 벼락을 조심해!"

검과 갑옷을 포함한 금속으로 이루어진 모든 물품을 인벤토리에 넣었다. 비에 쫄딱 젖은 천 옷차림의 에르소나와 하이엘프들은 낮게 포복하며 마을을 향해 다가갔다. 주변으로 물이 급격하게 차올라 허벅지 위까지 잠겼지만 꾸준하게 앞으로 나아갔다.

"무, 물이 너무 차갑습니다."

"무, 무슨 이런 마, 마력이 빗물에……."

"몸이 움직이지 않아요!"

하이엘프들의 안색이 창백해졌다. 갑옷을 벗어 속성 저항력이 많이 떨어진 상태였다. 빗물에는 차가운 마력이 가득했다. 도저히 빗물이라고 생각하기 힘들 정도였다.

"몸을 서로 비벼!"

에르소나의 명령에 하이엘프들은 서로 몸을 비비며 열을 내었다. 치욕스러운 표정이었지만 살기 위해서는 어쩔 수 없었다.

에르소나는 추위를 참으며 마을 앞에 당도했다. 마을 앞에 이르자 거대한 우산을 쓰고 있는 몬스터가 보였다.

"오, 오우거!"

"이, 이런! 이, 이곳은 오우거 부락?!"

거대한 오우거 두 마리가 하품을 하다가 들리는 소리에 주변을 두리번거렸다. 그러다가 에르소나와 하이엘프들을 발견했다.

에르소나는 재빨리 검을 꺼내 오우거에게 겨누었다. 하이엘

프들도 마찬가지였다. 하지만 여전히 비에 젖은 천 옷차림이었
는데 갑옷을 입을 시간이 없어서였다.

오우거가 그런 에르소나와 하이엘프들을 보며 머리를 긁적
였다.

"검을 들고 있으면 벼락 맞는다! 벼락의 정령들은 장난이
심하다!"

"비에 쫄딱 젖었다! 감기 걸린다! 코코아! 코코아가 필요하
다!"

에르소나와 하이엘프들은 오우거들의 말에 눈을 깜빡였다.
도저히 어떻게 된 일인지 이해가 되지 않았다. 중형 몬스터
중에서도 상당히 악명이 가득한 오우거가 친절하게 말을 건넨
것이다.

"어때? 이 정도면 되려나?"

"음, 벼락 맞은 나무가 더 필요하다."

"알았어."

익숙한 목소리가 들려왔다. 검을 들고 있던 에르소나는 고
개를 돌려 걸어나오는 사내를 바라보았다. 한 손으로는 정보
창을 조작하고 있고 한 손에는 김이 모락모락 나는 커피 잔을
들고 있었다.

"수, 수호룡님?! 그, 그레이트 오우거?!"

하이엘프 하나가 그 광경을 보고 외쳤다.

다른 오우거보다 거대한 오우거가 우산을 들고 그의 뒤를 따라오고 있었다. 사내는 비에 쫄딱 젖은 에르소나와 하이엘프들을 보더니 고개를 갸웃했다.

잠시 침묵이 내려앉았다.

"웅? 에르소나? 거기서 뭐 해?"

"아……."

"안 추워? 음, 속옷 다 보인다."

에르소나의 몸이 부들부들 떨렸다. 평온한 모습인 신성을 보니 굉장히 억울했기 때문이다.

*   *   *

신성은 영지를 꾸미는 것에 푹 빠져 지냈다. 시간 가는 줄 모르고 이리저리 손보며 환경 아이템들을 만지작거렸다.

광활한 영지를 꾸미는 일은 대단히 재미있었다. 환경 아이템은 신성의 입맛대로 배치할 수 있으니 대단히 편리했다. 신성은 꾸준히 상자를 열며 드래고니아에 돈을 바르고 또 발랐다.

현질의 힘은 위대했다.

오우거 광산이던 주변이 환경 아이템에서 뽑은 광산들로 산맥을 이루게 되었는데 신성은 드래고니아 산맥이라고 이름을 붙였다.

아직 가보지는 않았지만 정보 탭을 보니 지하에 있던 미스릴이 올라와 광산을 채우고 있었고 그 주변은 보석 광산, 철광석 광산, 마정석 광산, 속성석 광산이 자리 잡고 있었다. 드워프들이 본다면 이곳이 천국인가 하고 착각할 정도였다.

"오늘 여기까지 해야겠어."

상자를 많이 열었지만 드래고니아가 워낙 크다 보니 아직도 비어 있는 공간이 많았다. 랜덤 박스뿐만 아니라 엘브라스 상점에서 쓸 만한 것들은 모조리 사서 드래고니아에 쑤셔 박은 신성이다. 돈은 줄어들었지만 마음은 풍족해지고 있었다. 돈이야 어차피 꾸준하게 들어올 것이니 크게 부담되지는 않았다.

'엘브라스가 드래곤 로드에게 전 재산을 빼앗기지 않았다면 엘브라스는 더 대단한 곳이 되었을지도 모르지.'

전 재산을 빼앗기고 만든 것이 그 엘브라스였다. 신성은 로드의 창고에 얼마만큼의 보물이 있을지 너무나 궁금해졌다. 마계로 가서 제일 먼저 할 일은 역시 드래곤 로드의 유산을 찾는 일이었다.

"콜록……."

"그러게 밖에 서 있으면 감기 걸린다고 했잖아."

신성은 오두막 안에서 오들오들 떨면서 천으로 만든 이불을 뒤집어쓰고 있는 에르소나와 하이엘프들을 바라보았다. 에르소나는 한동안 들어오지 않았는데 몇몇 하이엘프가 쓰러지고 나서야 신성의 말을 따랐다.

아직 태풍이 가동 중이라 주변에는 엄청난 비가 내리고 있었다. 신성은 주변에 강을 만드는 중이었다.

땅을 신성이 직접 팔 필요는 없었다. 엘브라스 상점에서 산 '엘브라스의 만능 삽' 덕분이다. 영지 관리 탭에서 사용할 수 있었고 삽은 일정 깊이와 길이를 파면 사라지는 형식이었는데 신성은 막대한 자본력으로 대량 구매했다. 삽은 지하를 뚫는 것도 가능했는데 신성은 마그마가 흐르는 지하 통로를 확장하고 있었다.

이날을 위해 돈을 번 것으로 느껴질 정도로 돈을 팍팍 썼다. 마치 게임에서 맵을 만드는 것처럼 삽을 이용해 땅을 팠고, 얼마 전에 이주해 온 오우거들이 땅에 쌓인 흙을 이용해 벽돌을 만들거나 쉼터 주변에 방죽을 만들었다. 오우거 일족의 숫자는 상당히 많았는데 오천이 넘었다. 모두 성실한 일꾼이어서 순식간에 쉼터의 규모가 마을 단위로 변하게 되었다.

오우거 일족의 장로가 말해준 것에 의하면 드래고니아에 살고 싶어하는 몬스터들의 대표가 쉼터로 오고 있다고 한다. 아무튼 신성은 피식 웃으며 따뜻한 코코아가 든 컵을 에르소나에게 건넸다.

"힐이라도 걸어줄까?"

"그, 그런 짓은 하지 마십시오. 차라리 아픈 것이 편합니다."

에르소나는 부작용을 무척이나 경계하고 있었다.

잠시 망설인 에르소나가 신성을 바라보며 입을 뗐었다.

"…어느 정도 영지를 소유한 것입니까? 영지 관리 메뉴를 만들 수 있을 정도면 꽤 큰 영지 같습니다만……."

"음, 보여줄까?"

신성은 에르소나에게 다가갔다.

천으로 몸을 가리고 있던 에르소나가 잠시 멈칫하더니 신성이 보여주는 맵으로 시선을 돌렸다. 맵을 바라보던 에르소나의 눈빛이 떨리더니 이내 입이 벌어졌다.

"말도 안 돼! 아……!"

에르소나가 벌떡 일어났다. 그러자 천이 흘러내렸는데, 알몸인 것을 깨닫고는 재빨리 다시 천을 뒤집어썼다.

"잊어주십시오."

"미안하지만 드래곤은 망각이 없는데?"

"……."

인벤토리를 가볍게 만드느라 옷을 챙겨오지 않은 것이 에르소나의 실수라면 실수였다.

옷은 오두막에 만들어진 벽난로에서 말리는 중이었다. 마력이 담긴 수분을 머금은 옷은 강제적으로 말리면 파손되니 벽난로에서 말리는 것이 최선이었다.

"서부 초원이 모두 당신의 것이라니……."

"운이 좋았어."

"그럼 그 폭발도 당신이 만든 것입니까?"

"원인을 제공한 건 내가 맞지."

에르소나는 기가 막혀 할 말을 잃었다. 생고생을 하게 만든 원흉이 바로 눈앞에 있으니 말이다.

이 억울함을 도저히 표현할 방법이 없었다.

"이곳에 도시를 세우는 데 협력해 줘. 그럼 땅을 빌려주도록 하지. 물론 돈은 받겠지만."

"마음 같아서는 다른 곳을 알아보고 싶습니다만……."

"그럴 수는 없을걸. 잘 생각해 봐. 어차피 수인족이나 드워프도 이곳으로 올 수밖에 없어. 지금 좋은 곳을 선점하는 것이 가장 최선일걸? 아니면… 결과가 어찌 될까?"

신성이 부드러운 미소를 지었다. 그 미소에 하이엘프들은 호들갑을 떨거나 넋이 나갔지만 에르소나는 불길함을 느꼈다.

너무나 사악해 보이는 미소였다.

차원의 문과 거의 붙어 있는 곳이 바로 드래고니아였다. 드래고니아를 거치지 않고 어비스로 들어가려면 엄청나게 긴 거리를 돌아가야만 했다.

선택의 여지가 없었다.

"이곳은 지구가 아니야. 지구에서는 서로 가치관이 달라 반목했지만 이곳에서는 아니야. 이곳에서 할 일은 정복밖에 없거든."

"확실히… 어비스에서 우리가 대치할 이유는 없지요."

"어비스의 몬스터, 마족, 그들과 큰 전쟁을 할 수밖에 없어. 그러니 서로 힘을 합쳐 해보자고, 에르소나."

에르소나는 신성이 인정하고 있는 강자였다. 지휘관으로서는 신성보다 뛰어났다. 그녀가 자신을 도와준다면 정복 전쟁은 순조롭게 흘러갈 것이다.

신성의 진지한 말에 에르소나는 잠시 깊은 생각에 빠졌다가 한숨을 내쉬었다.

신성이 진심이든 아니든 에르소나에게는 선택의 여지가 없었다. 권유하는 척 말하고 있지만 그 이면에는 칼날이 숨어 있었다. 승낙하지 않으면 엘브라스는 엄청난 불이익을 받을 것이다. 어비스에 진입하기 위해 드래고니아를 돌아가야 한다는 것만으로도 대단한 손해였다.

에르소나가 그것을 모를 리가 없었다.

'이 신성, 대단히 큰 존재가 되었군.'

에르소나는 신성과 자신의 역량을 바로 옆에서 비교해 보고 싶었다. 열등감을 극복하는 방법은 직접 부딪쳐 보는 것이 제일 좋은 선택일 것이다.

"협력하지요. 대신 엘브라스의 이득은 확실히 보장해 주십시오."

"물론이지. 세상에 공짜는 없잖아?"

공짜는 없었다. 신성은 엘브라스를 챙겨주는 만큼 부려먹을 생각이다. 그리고 협력 관계가 이어지는 한 신성은 엘브라스를 지켜줄 것이다.

아르케디아 온라인에서는 절대 이루어질 수 없던 관계가 지금 여기에서 성사되었다.

"그럼 기념으로 선물을 하나 주지."

"당신답지 않은 말이군요."

"뭔가 신뢰를 상징하는 것이 있어야 하잖아?"

신성이 한쪽 구석에서 광물을 만지작거리고 있는 카록을 바라보았다. 카록이 고개를 끄덕이고는 오두막의 창고로 가서 검 하나를 가지고 왔다.

초록빛이 감도는 신비스러운 검이다. 카록이 검을 신성에게 건넸다. 신성의 손에 들리는 순간 검에서 은은한 빛이 나며 맑은 검명이 울려 퍼졌다.

신성은 검을 에르소나에게 내밀었다.

"이건?"

"카록이 뜨거운 용암으로 제련한 무기야. 재료로는……."

"드래곤의 비늘……."

에르소나가 재료를 단번에 알아보았다.

그녀의 말대로 드래곤의 비늘로 만든 검이었다. 본체로 변할 때마다 비늘이 가끔씩 떨어졌는데 신성은 그것을 인벤토리에 챙겨 넣고 있었다. 카록이 시험 삼아 만들어본 것인데 뜻밖에도 좋은 검이 탄생했다.

[-] 드래곤의 검(성장형)(레전드)
드래곤의 비늘로 만든 검.
뛰어난 장인 카록이 만들었다. 예술 작품에 가까운 모습이나 성능은 다른 검에 비교할 바가 아니다. 뛰어난 마력 감응력을 지니고 있고 바람처럼 가볍다.
사용자의 성장에 따라 성장하는 검이다.
*사용자의 역량에 따라 추가 스탯이 부여됩니다.
*모든 속성을 부여할 수 있습니다.
*드래곤과의 친화력이 30% 올라간다.
*드래곤과의 신뢰가 깨지면 용언에 의해 수거된다.

검을 쥔 에르소나는 감탄할 수밖에 없었다. 이 정도의 아이템은 아르케디아 온라인에서도 드물었다.

하이엘프들이 눈을 반짝이며 환호했다. 신성이 에르소나에게 검을 하사하는 모습이 마치 동화 속의 한 장면 같았기 때문이다. 드래곤이나 지상에 강림한 신이 용사에게 검을 하사하는 장면은 소설이나 동화 속에서 심심치 않게 나오는 장면이다.

"신뢰라… 역시 공짜는 없군요."

"그래, 신뢰는 공짜가 아니지. 그리고 돈도 아니야."

에르소나는 검을 조심스럽게 인벤토리에 넣었다. 신성은 그런 에르소나를 보며 고개를 끄덕였다.

'큰 산 하나는 넘었군. 엘브라스 병력을 이끌고 왔으면 더 힘들었겠지.'

엘브라스를 설득하는 건 쉬웠지만 에르소나의 협력을 받지는 못했을 것이다.

그답지 않게 선물까지 쥐어줬으니 에르소나는 적어도 어비스에서는 확실히 협력할 것이 분명했다. 에르소나가 저 검으로 활약할 때마다 신성에게도 유리한 이야기가 퍼져 나갈 것이다.

"김수정… 그녀는 잘 지냅니까?"

"궁금하면 직접 찾아가 봐. 알고 보니 부끄럼쟁이였군."

에르소나는 입술을 깨물더니 고개를 돌렸다. 에르소나 옆에 있는 코코아는 식은 지 오래였다. 신성은 고개를 설레설레 저었다. 정말 대단히 고집이 센 여자였다.

"음! 태풍이 멈췄다!"

카록이 일어나 창문을 열었다. 맑은 하늘이 보였다. 마력 게이지를 모두 소모한 태풍이 자동으로 소멸한 것이다.

"오! 온천이다!"

"온천이 생겼다!"

오우거들이 외쳤다.

마을 옆에 거대한 온천이 생겼다.

지하에서 뿜어져 나온 물이 뜨거웠다.

주기적으로 비구름과 태풍이 불어 물을 채워줄 터이니 고 갈될 염려는 없었다.

온천을 보니 떠오르는 것이 있다.

'음, 환경 아이템 중에 환경 특성 아이템이 있었지.'

바로 환경에 특성을 부여할 수 있는 아이템이다.

다 써버리고 몇 개 남겨놓은 것이 있다. '상급 미용'과 '중급 피로 회복', '중급 질병 치료'를 온천에 부여하자 온천물이 은 은한 빛을 내기 시작했다. 마력이 잔뜩 들어 있는 온천물이라 효과는 더욱 강력했다.

하이엘프들이 호기심 가득한 눈으로 온천으로 가더니 발을 담그고는 좋아했다. 아마 하이엘프들은 처음 경험하는 온천 일 것이다. 에르소나도 은근슬쩍 온천으로 가더니 안으로 들 어갔다.

얼어붙은 몸을 녹이는 데는 최고일 것이다.

"음, 지금 젊은 오우거들을 데리고 드래고니아 산맥으로 가 보겠다! 주변에 주거지를 만들겠다!"

"큰 도시를 만들 거니까 잘 정리해 놔!"

"문제없다!"

카록과 오우거들이 짐을 챙기고 있다. 오우거들은 카록을 형님으로 인정했고, 신성을 큰 형님이라 부르고 있었다. 큰 형님은 오우거 사이에서 왕을 뜻했다. 신성이 나타나자 오우거들이 고개를 숙였다.

"큰 형님! 나오셨다!"

"만수무강하실 거다!"

"드래곤! 멋지다!"

덩치가 큰 오우거들이 신성에게 인사하는 모습은 대단히 색달랐다. 오우거는 정령들과도 상당히 친했는데 몇몇은 아예 정령들에게 파묻혀 있었다.

어쩌면 오우거 정령사가 탄생할지도 모른다. 몬스터의 직업 각성은 대단히 흥미로웠다. 어비스를 점령하는 데 큰 도움이 되어줄 것이다.

'대도시를 만들려면 많은 인구가 필요해. 몬스터를 받아들인다면 해결될 거야.'

현재 드래고니아의 인구는 신성과 오우거밖에 없었다.

신성은 이제 슬슬 세이프리로 돌아가 본격적인 물자 공급을 해야 할 때라고 생각했다. 어비스의 발견은 공식적으로 지구에 공표되지 않았지만 소문이 돌고 있어 학계의 관심이 지대했다. 무려 새로운 차원에 직접 갈 수 있기 때문이다. 마석과는 달리 일반인도 들어갈 수 있다는 소문이 퍼지자 지구는 흥분의 도가니가 되었다.

"엘프 과일 먹어도 좋다!"

"아, 감사합니다."

오우거들과 하이엘프들이 이야기를 나누고 있다. 커다란 과일을 잘라 나누어 주는 오우거의 모습이 보인다. 정령 냄새기 나니 하이엘프들도 오우거를 거부하지는 않았다. 오우거와 하이엘프가 나란히 앉아 있는 광경은 대단히 묘했다. 아르케디아 온라인에서는 절대 볼 수 없는 광경이다.

"그럼 가보겠다!"

"나도 잠시 자리를 비울 거야. 카록, 영지 관리 권한을 줄 테니까 드래고니아를 부탁해."

"알겠다! 나는 태풍을 부르는 그레이트 오우거! 멋진 오우거다!"

카록이 젊은 오우거들과 함께 광산으로 떠났다. 오우거들은 풍부한 자원을 만질 생각에 들떠 있었다. 온천에 발을 담그고 있던 에르소나가 신성에게 다가왔다.

"세이프리로 갈 생각입니까?"

"그래. 이곳을 부탁할게."

"저에게 말입니까?"

"뭐, 협력 관계잖아. 엘레나 쪽은 내가 알아서 할 테니 나보다 잘난 부분을 보여줘."

신성의 말에 에르소나는 묘한 표정을 지었다. 사람을 다루는 것에 능숙해진 신성의 모습이 새롭게 다가왔다.

"아! 수인족이나 드워프족에게 텃세 부리는 것 정도는 눈감아줄게."

"흐음, 오래간만에 듣기 좋은 말을 하는군요."

신성은 피식 웃고는 차원의 문으로 향했다. 가기 전에 비구름과 태풍을 방어 모드로 설정해 놓는 것을 잊지 않았다. 대규모 병력이 아닌 이상 적의를 가진 이들은 드래고니아로 접근할 수 없었다.

드래고니아로 들어온다고 해도 이곳에 모든 동식물이 적대적인 태도를 보일 것이고 불꽃의 핵도 마찬가지이다. 아직 폭발의 여파가 외부에 남아 있으니 당분간은 안전하다고 봐도 되었다.

차원의 문으로 오자 마력 통신이 작동했다.

[새로운 메시지 441건]

루나가 가장 많았고 김갑진, 엘레나, 김수정의 메시지도 많았다. 상당히 오랫동안 어비스에 머물며 연락을 하지 않았으니 이쪽 상황이 궁금하긴 할 것이다.

신성은 메시지를 확인해 보았다. 왜인지 잔뜩 걱정하고 있는 메시지가 대부분이었다. 신성이 간단하게 답장을 보내자 메시지가 쌓이기 시작했다.

일단 신성은 차원의 문을 넘어 다시 지구로 돌아왔다. 엘프들이 보이고 수인족과 드워프들도 모여 있었다. 상당히 심각해 보였는데 신성은 신경 쓰지 않고 그곳을 지나쳤다.

신성이 신루에 도착하자 신성에게 뛰어오고 있는 루나가 보였다. 루나의 뒤로는 김갑진과 신관들이 달려오고 있었는데 신성을 보더니 안도의 한숨을 내쉬었다. 루나는 거의 울 것 같은 표정이었다.

루나가 신성의 품에 안겼다. 신성은 의아한 눈으로 루나를 바라보았다.

"신성 님! 흐엉! 무사하셔서 다행이에요!"

"아무 일도 없었는데… 무슨 일 있었어?"

"폭발이… 어비스가…! 흐윽!"

울먹이는 루나를 토닥거려 준 신성은 김갑진을 바라보았다.

"어비스에 엄청난 재앙이 발생했다는 소식을 들었습니다. 소론이 진입했다가 보급품을 모조리 날려먹었다더군요. 지각이 날아다니고 주변이 완전 초토화되었다는데 신성 님의 소식이 없어서요. 루나 님이 잠을 한숨도 못 주무셨답니다."

"아……."

신성은 김갑진의 말에 이제야 이해가 되었다. 폭발이 있는 와중에 수인족들이 들어온 모양이다. 아르케넷도 그 이야기로 뜨거웠는데 어비스가 폭발할 당시의 동영상이 올라와 있었다.

폭발은 단연 압권이었다. 그야말로 무시무시한 재앙이었다. 드래곤이라 하더라도 무사할 수 없을 정도의 규모로 보이기는 했다.

"음……."

신성은 어떻게 이야기해야 할지 난감했다. 잠시 머뭇거리자 사르키오와 김수정이 달려왔다. 하나같이 걱정이 가득한 표정이다. 김수정은 신성의 모습을 보더니 안도하며 긴 숨을 내쉬었다.

김수정은 병력을 잔뜩 이끌고 왔는데 어비스를 뒤져서라도 신성을 찾아내려고 한 것이다. 차원의 문에서 뿜어져 나오던 열기가 사라지자 바로 달려가려고 준비한 병력이다.

신성은 자신을 걱정하는 사람들을 보자 마음이 뭉클했다. 품에 안겨 있는 루나의 온기에 기분이 좋아졌다.

'어떻게 설명해야 하나.'

물론 난감한 기분은 사라지지 않았다. 사르키오와 간부급 인원이 마족의 침략이니 차원의 충돌이니 하며 이야기를 나누는 소리가 들려왔다. 모두 그곳에서 무슨 일이 있었는지 궁금해 신성을 바라보았다.

신성은 일단 김갑진에게 어비스의 맵핑 정도를 건넸다.

"어비스의 맵핑 정보군요."

김갑진은 대수롭지 않게 맵핑 정보를 확인하다가 그대로 굳어버렸다. 옆에서 지켜보던 김수정과 다른 이들도 마찬가지였다.

"서, 서부 조원이……."

"드래고니아?"

김수정과 김갑진이 머리에 물음표를 띄웠다.

모두가 다시 신성을 바라보았다.

"음, 거기 내 땅이야."

"네?"

"무슨……."

김수정과 김갑진의 벌어진 입이 다물어지지 않았다.

루나가 말없이 신성을 올려다보았다. 설명을 요구하는 눈빛에 신성은 시선을 피했다.

"운이 좋았어. 어쩌다 보니 그렇게 되었네."

주변에 정적이 내려앉았다. 잠시 뒤 상황을 이해한 자들이 기묘한 비명을 질러댔다.

신성이 깜짝 놀랄 소식이 준비되어 있었지만, 지금은 신성을 제외한 모두가 경악하고 있었다.

* * *

정적 끝에 찾아온 것은 비명과 감탄이었다. 신성이 건넨 맵핑 정보를 보며 넋을 놓고 웃기도 했다. 김갑진의 상태가 좋지 않았는데, 혼백이 나가고 있는 것이 보이는 것 같았다.

한동안 그렇게 소란스러웠다.

신성은 잠시 진정되기를 기다리다가 주변에 아르케디아인과 주민들이 모여들기 시작하자 바로 세이프리로 돌아왔다. 일단 김갑진을 포함한 간부진과 함께 신전 안에 마련되어 있는 회의실로 향했다. 어비스에 엄청난 땅이 생겼으니 앞으로의 일을 의논하기 위해서였다.

루나는 신성의 옆에서 떠나지 않았는데 조금 불안한 기색이 보였다.

'너무 걱정을 끼쳤나?'

신성은 웃음이 나왔다.

지금까지 신성은 뒤를 생각해 본 적이 없었다. 혼자가 되면서 누군가 자신을 기다려 준 적이 없었기 때문이다. 게임에서의 플레이 방식도 대단히 무모했고 현실도 마찬가지였다. 지금 당장 죽을 것처럼 모든 것을 쏟아 부었다. 오로지 목표만을 위해 달려왔다. 그것은 드래곤이 되고 나서도 영향을 미치고 있었다.

느껴지는 루나의 온기는 그가 혼자가 아니라는 것을 알려 주었다. 가족이 생겼다는 것을 머리로는 알고 있었지만 가슴으로는 이해하지 못하고 있었는데 드디어 실감이 났다.

자신을 구속하는 그 느낌이 너무나 좋았다. 예전에는 자유롭지만 자유롭지 않게 느껴졌다면 지금은 자신을 잡고 있는 것들이 있음에도 행복과 자유를 동시에 느끼고 있었다.

'생각해 보면… 무모하긴 했어.'

불꽃의 핵을 폭발하게 한 것은 도박이기는. 했다. 만약 홍염룡의 힘이 제대로 발휘되지 않았다면 그대로 땅 밑에 파묻혔을지도 모른다. 신성은 이제는 뒤를 생각하고 행동해야겠다고 생각했다.

'곤란하네.'

루나는 신성의 옆에서 손을 꼼지락거리며 아무 말도 하지 않았다. 신성은 회의를 하면서도 어떻게 그녀를 달래줘야 할지 고민하고 있었다.

"허허, 이만한 땅이 있다면 상상한 모든 것을 시도해 볼 수 있을 겁니다!"

"이 자원을 좀 보십시오! 미스릴 광산이라니! 게다가 거의 모든 곡물이 자랄 수 있는 땅입니다! 호수, 숲, 모든 것이 완벽합니다."

"오오! 그야말로 천국이군요!"

사르키오와 간부진이 떠들고 있다.

회의장은 흥분 그 자체였다.

지금까지 벌인 사업은 모두 도시 안으로 한정되어 있었다. 도시 밖은 지구였으니 본격적인 일을 벌이기에는 공간이 충분하지 않았다. 그러나 드래고니아는 달랐다. 광활한 그곳에서는 상상한 모든 것을 시도해 볼 수 있었다. 대규모 농장을 짓거나, 거대 마도 병기를 생산하는 공장을 만든다든지, 또는 성을 증축하거나 기획 도시를 만든다든지 말이다.

그러니 흥분하지 않을 수가 없었다.

김갑진은 회의실 중앙에 떠 있는 드래고니아의 정보를 보며 다시 허탈한 웃음을 내뱉었다.

맵과 함께 정보가 떠올라 있었는데 발견된 자원들이 옆에 적혀 있었다. 아직 발견되지 않은 자원은 물음표로 되어 있었다.

발견된 자원만 해도 기절초풍할 정도로 엄청났다. 미스릴, 속성석, 중급 이상의 마정석, 대단히 비옥한 대지, 호수와 비구름, 그리고 태풍.

김갑진은 드래곤을 너무 과소평가했다고 생각할 수밖에 없었다. 눈앞에 있는 사내는 상식을 깨부수는 악신, 그리고 드래곤이었다.

성과를 내오라고 장난스럽게 말했지만 설마 이런 말도 안 되는 것을 듣고 올 줄은 꿈에도 예상하지 못한 김갑진이다. 온몸에 닭살이 돋으며 전율이 일었다.

"정말 엄청난 것을 들고 오셨군요. 드래고니아에 비하면 미스릴 광산이 아무렇지도 않게 느껴지네요."

"오리하르콘은 아니지만 이 정도면 괜찮지?"

"충분하다 못해 넘쳐흐릅니다. 게다가 미스릴을 다룰 수 있는 오우거 장인도 있다니… 솔직히 아직도 어이가 없습니다. 음, 생각해 놓은 계획이 있습니까?"

"일단 광산 주변에 광산 도시를 세우고 드래고니아 중앙에는 대도시를 만들 거야. 그리고 악신의 성도 만들어야겠지. 대규모 농장을 구축하고, 커다란 주거지를 만들고, 마도병기 생산 공장을 본격적으로 만들어 가동해야겠어. 지금까지 벌어놓은 예산을 모두 쏟아 부을 때야."

신성의 말에 김갑진이 고개를 끄덕였다. 간부진은 신성의 말을 모두 받아 적으며 구체적인 계획을 수립했다.

"현재 차원의 문으로 소형 비공정은 통과할 수 있으니 일단 소형 비공정을 통해 물품들을 나르겠습니다."

"인적자원도 부족해."

"일단 장인들을 먼저 파견하겠습니다. 그 후에 이주 공고문을 내면 되겠지요. 어비스는 일반인도 들어올 수 있으니 그쪽도 알아볼까요? 지구의 기업들이 마력 엔진을 응용한 기기들을 연구하고 있습니다. 과학과 접목하는 중인데 생각보다 괜찮은 것 같습니다."

신성은 고개를 끄덕였다.

계획은 빠르게 세워졌다. 한시도 지체할 수 없다는 분위기였다. 신루에서 생산된 소형 비공정은 현재 모두 50기였는데 그중 40기는 이미 운항 중이고 10기는 대기 상태였다. 일단 10기를 투입하기로 하고 더 늘려가기로 했다. 차원의 문을 증폭시킨다면 중형 비공정도 통과가 가능하니 조만간 중형 비공정도 추가로 생산해 배치할 것이다.

어둠 속에서 모습을 드러낸 다크엘프가 김수정에게 다가와 귓속말을 했다. 김수정이 고개를 끄덕이고는 신성을 바라보았다.

"소론이 급하게 회담 요청을 해왔습니다. 드래고니아와 관련된 내용 같습니다."

"세이프리와 무역협정을 진행했는데 중간에 취소되었습니다. 정보원을 파견해서 알아보니 아르본과 뜻을 모아 단합한 것 같더군요. 부활석 분석도 진행 중이었습니다."

김수정과 김갑진의 말에 신성은 피식 웃었다.

수인족과 드워프는 어비스 진출에 대단한 투자를 하고 있었다. 세이프리와의 무역협정을 뒤로 놓을 만큼 전력을 다하고 있던 것이다. 세이프리가 경제 침식할 것을 우려해 방어적인 전략을 취하면서 서로 간에 동맹을 맺어 어비스 진출을 노리고 있었다.

어비스에서 자원을 선점한 뒤 세이프리와 교역한다면 세이프리와 대등한 위치에서 교역할 수 있다고 생각한 것이다.

"느긋하게 시간을 끌도록 해."

"알겠습니다."

신성의 말에 김갑진이 진한 미소를 지으며 말했다.

회의는 오랫동안 이어졌다. 저녁이 되어서야 회의가 끝났는데 루나는 의자에 앉아 졸고 있었다. 한동안 잠을 못 이루었다고 하니 피곤이 쌓인 것이다.

"잠시 이리로……."

김갑진이 조용히 신성을 불렀다.

신성은 루나를 깨우려다가 김갑진이 호들갑을 떨며 그러지 말라는 몸짓을 하자 그대로 두고 김갑진을 따라갔다. 김갑진의 방에 들어오자 김갑진이 책상 서랍에서 무언가를 꺼내 신성에게 건넸다. 조그마한 상자였는데 열어보니 아름다운 반지가 들어 있다.

"세이프리 최고의 장인들이 고생해서 만든 반지입니다. 현

존하는 최고의 보석으로 만들었습니다."

신성은 반지를 바라보았다.

[A] 아름다운 반지

각 종족의 장인들이 심혈을 기울여 제작한 반지. 회귀하고 값비싼 보석을 가공하여 장식했다. 특별한 기능은 없으나 대단히 아름다워 보는 것만으로도 기분이 좋아진다.

대단한 정성이 들어간 반지였다. 신성이 이것을 왜 주느냐는 듯 김갑진을 바라보자 김갑진은 알 수 없는 미소를 지었다.

"아마 필요하실 겁니다."

"음……."

일단 반지를 인벤토리에 넣었다.

김갑진의 방에서 나오자 빛으로 반짝이던 복도가 어두워져 있다. 신성은 고개를 갸웃거리다가 피식 웃었다. 드래곤의 눈으로 보니 구석구석에 숨어 있는 이들이 보였기 때문이다. 잘 숨어 있었지만 신성의 눈을 피할 수는 없었다. 신성은 일단 속아주기로 했다.

뭔가 이벤트를 벌이려는 모양인데 무슨 일인지 궁금했기 때문이다.

'뭘 꾸미고 있는 거지?'

신성은 어두운 복도를 거닐다가 빛이 보이는 쪽으로 다가갔다. 신전 정원에 있는 테라스였는데 그곳에 루나가 서 있었다. 신성이 다가가자 조용한 음악 소리가 흘러나왔다.

루나 옆에 선 신성은 루나를 바라보았다. 신전의 정원은 아름다웠다. 신관들이 특별히 관리했기 때문인지 좋은 기운을 품고 있었다.

잠시 둘이서 정원을 바라보았다.

"걱정 끼쳐서 미안해."

"무사하셔서 다행이에요. 앞으로는 그러지 마요. 연락도 자주 하고요. 부탁이에요."

"응."

"…그리고 저… 할 말이 있어요."

루나는 신성과 눈을 맞추었다. 루나는 긴장된 표정을 짓고 있었다. 좀처럼 볼 수 없는 그녀의 그런 모습에 신성은 의아함을 느꼈다.

루나가 긴장하자 신성도 긴장되었다. 절로 침이 꿀꺽 삼켜졌다. 얼마나 대단한 것을 말하려는지 조금은 두려운 마음도 들었다.

루나는 입술을 달싹거리다가 입을 떼었다.

"신성 님."

"응."

"저… 아이가 생겼어요."

"아… 이?"

신성은 그 말을 듣는 순간 숨조차 쉴 수 없었다.

루나를 바라보는 신성의 눈이 점점 커지고 입이 벌어졌다. 이보다 더 놀랄 수는 없었다. 아무 생각도 나지 않았다. 그저 눈앞에 있는 루나가 너무나 사랑스럽게만 보였다.

와락!

신성은 루나를 껴안았다.

둘은 아무 말도 하지 않았지만 이미 서로의 마음이 전해지고 있었다. 루나의 걱정과 불안함을 느낀 순간 신성은 그녀를 더욱 강하게 껴안았다.

휘이이이! 펑!

구석에 숨어 있던 다크엘프가 버튼을 누르자 폭죽이 하늘 높이 치솟으며 화려하게 터졌다. 세이프리의 전역에서 볼 수 있는 성대한 불꽃이었다.

'내가 아빠가 된다고?'

도저히 믿기지 않았다. 전혀 예상하지 못한 일이다.

갑작스러움에 놀랐지만 그 놀람이 행복으로 변하기까지는 오랜 시간 걸리지 않았다.

마음을 채우는 충만한 행복에 신성은 터져 나오는 웃음을 주체할 수 없었다. 이렇게 큰 소리를 내어 웃는 것이 굉장히 오랜만인 것 같았다.

루나에게서 또 다른 고동이 들려왔다. 루나와 자신의 힘을 동시에 지닌 사랑스러운 아이가 느껴졌다.

그 신비로움은 신성의 머리카락을 곤두서게 하였다.

신성이 루나를 바라보자 루나가 환하게 웃었다.

"언제 알았어?"

"어비스에 가신 후에 알았어요."

"…미안. 내가……."

할 말이 없었다. 그렇게 가서 오랫동안 연락도 하지 않고 폭발까지 일어났으니 분명 마음고생이 심했을 것이다.

신성은 김갑진이 준 반지가 생각났다.

[빛나라.]

용언이 반지에 깃들어 아름다운 빛을 머금었다. 신성이 반지를 내밀자 루나의 눈이 동그래졌다. 그러다가 눈물이 주르륵 흘러내렸다. 루나의 눈물은 바닥에 떨어지기 전에 보석이 되어 맑은 소리를 만들어냈다.

'갑진이에게 빛을 졌네.'

김갑진이 준비한 반지에 대해서는 루나뿐만 아니라 이곳에 있는 누구도 모르는 눈치였다.

김갑진이 비밀리에 준비한 것이다. 아무것도 준비하지 못한 신성은 그에게 큰 고마움을 느꼈다.

'일을 좀 줄여줘야겠군.'

신성은 반지를 루나의 손에 끼워주었다.

루나는 반지에서 눈을 떼지 못하고 있었다. 루나가 신성의 목에 팔을 걸고 키스를 하자 주변에서 박수가 터져 나왔다.

고개를 돌려 보니 김갑진과 김수정을 포함한 간부진, 그리고 신관들이 손뼉을 치며 좋아하고 있다. 사르키오는 왜인지 눈물을 글썽이며 마법사들의 토닥거림을 받고 있었다.

"집에 가요."

"그래."

신성은 루나의 목소리가 유난히 달콤하게 느껴졌다. 신성은 지금 아무런 생각도 하기 싫었다. 그저 그녀와 있는 것이 행복했기 때문이다.

*　　　　*　　　　*

신성은 드래곤 레어에서 루나와 오붓한 시간을 즐겼다.

아무도 둘을 방해하지 않았다.

신성과 루나의 관계는 엄청난 화제였다. 아르케넷을 뜨겁게 달구었고, 지구의 언론에서도 특집으로 만들어 보도했다. 아쉽다는 소리가 흘러나오기는 했지만 최고의 커플이라는 찬사가 대부분이었다.

신성과 루나가 같이 있는 광경은 대단히 아름다워서 질투라는 감정을 느낄 수조차 없게 만들었다. 너무나 뛰어나니 저절로 주제 파악이 되는 것이다. 신성과 루나의 관계에 대해서만 퍼져 나갔을 뿐이고 루나의 임신 소식은 전해지지 않았다. 당분간 비밀로 하기로 했다.

아르케넷에 접속해 보니 많은 유료 중개인들이 세이프리로 와서 방송하고 있었다. 신성과 루나의 모습을 담기 위해 몇날 며칠을 기다린 중이었다.

신성은 그들에게 신경 쓸 시간이 없었다. 루나와 시간을 보내면서 저택에 방비 시설을 만들고 있었다. 막대한 돈을 투자해 결계를 만들고 몬스터들을 경비원으로 고용했다. 드래곤 레어에 침입하는 간 큰 놈은 없겠지만, 혹시나 있을지 모르는 사태에 대비했다.

조금 과하다 싶을 정도로 방비한 신성이다.

신성은 진행 중인 계획을 전면적으로 재검토해야 할 필요성을 느꼈다. 좀 더 공격적인 방향으로 바꿀 생각이다. 지금 이 세상은 마족과의 전쟁을 앞두고 있었다.

태어날 아이를 최고의 환경에서 자라게 해주고 싶었다. 전쟁과 아픔이 없는 그런 곳에서 아무런 걱정 없이 자라게 해주고 싶었다.

모든 종족과 어울리며 차별 없는 행복한 세상에서 말이다.

'지금 상태로는 안 되겠지.'

돈을 왕창 벌어놔야 했다.

이 세계를 좀 더 좋은 곳으로 만들어야 했다.

안심하고 살아갈 수 있는 세상을 만들고 싶었다. 신성의 마음가짐이 달라졌다. 그의 눈빛이 예전보다 훨씬 깊어져 있다.

목표가 생겼다.

그저 메인 퀘스트를 대비하며 마계와의 전투를 준비하는 방향으로 생각했다면 이제는 마계를 철저하게 짓밟으며 정복할 것을 결심했다.

마계가 존재하는 이상 안심하고 살 수 있는 그런 세계는 존재할 수 없었다.

'어비스……'

어비스의 환경은 환상적이었다. 지구와는 비교할 수 없을 정도로 아름다웠다. 그곳에서 뛰어노는 아이를 생각하니 벌써부터 마음이 따스해졌다.

'어비스 점령을 서둘러야겠군.'

어비스를 점령하는 데 수단과 방법을 가리지 않을 것을 결심했다. 드래곤처럼 포악하고 악신처럼 사악하게 일을 진행할 것이다. 신성에게 비겁하다는 말은 찬사로 들릴 것이고 두렵다는 말은 그를 기쁘게 만들 것이다.

[드래곤 로드의 축하 선물이 도착했습니다.]

[A+] 빛나는 드래곤 하트 가루
드래곤 하트를 특수하게 정제하여 만든 가루.
복용한다면 몸 안의 불순물을 걸러주고 질병으로부터 영원히 해방시켜 준다. 임신했을 때 복용한다면 아이에게도 큰 효과를 발휘한다.
드래곤 로드가 후대를 위해 만들어놓았다.

*드래곤 로드의 축하 메시지
"드래곤의 아이에게 축복을! 아이는 많을수록 좋네! 더욱 분발하게나!"

[드래곤 로드의 영지 시설물이 드래곤 상점에 저렴하게 등장하였습니다!]

[엘브라스가 기뻐하며 선물을 보냈습니다.]

[A+] 아이용 최고급 랜덤 박스 10개
어린아이 용품이 들어 있는 상자. 초호화 유모차부터 동화

속의 성에 이르기까지 아이를 기쁘게 만들어줄 많은 것들이 들어 있다. 운이 좋다면 가정교사 정령을 뽑을 수 있을지도 모른다.

선물이 도착했다.

신성은 고개를 설레설레 저으며 선물을 받았다.

그는 자신의 옆에서 잠든 루나에게 이불을 덮어주고 자리에서 일어났다. 더 쉬고 싶었지만 그럴 수 없었다. 해야 할 일이 너무나 많았기 때문이다.

『드래곤 레이드』 7권에 계속…

이제부터 전자책은

이젠북

www.ezenbook.co.kr

새로운 세계가 열린다!

김재한 『성운을 먹는 자』   철백 『대무사』
니콜로 『마왕의 게임』   가프 『궁극의 쉐프』
이경영 『그라니트:용들의 땅』   문용신 『절대호위』
탁목조 『일곱 번째 달의 무르무르』   천지무천 『변혁 1990』
강성곤 『메이저리거』   SOKIN 『코더 이용호』

이름만 들어도 황홀할 정도의 별들의 향연!
이들의 "유료연재"가 시작됩니다!

검색창에 **이젠북**을 쳐보세요! ▼ Q

초대형 24시 만화방

신간 100%, 샤워실, 흡연실, 수면실(침대석), 커플석, 세탁기 완비

■ 시흥 정왕25시점 ■

경기 시흥시 정왕동 1742-13 미스터피자 건물 5층
031) 319-5629

■ 강북 노원역점 ■

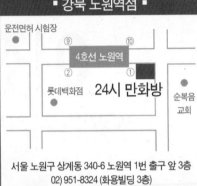

서울 노원구 상계동 340-6 노원역 1번 출구 앞 3층
02) 951-8324 (화용빌딩 3층)

■ 일산 정발산역점 ■

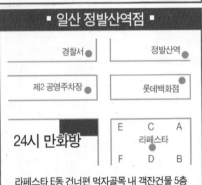

라페스타 E동 건너편 먹자골목 내 객잔건물 5층
031) 914-1957

■ 일산 화정역점 ■

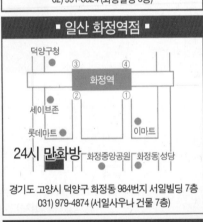

경기도 고양시 덕양구 화정동 984번지 서일빌딩 7층
031) 979-4874 (서일사우나 건물 7층)

■ 부천 역곡역점 ■

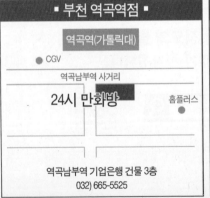

역곡남부역 기업은행 건물 3층
032) 665-5525

■ 부평역점 ■

(구)진선미 예식장 뒤 한신포차 건물 10층
032) 522-2871

이계진입 리로디드

임경배 퓨전 판타지 소설

FUSION FANTASTIC STORY

『권왕전생』임경배의 2015년 신작!

『이계진입 리로디드』

왕의 심장이 불타 사라질 때,
현세의 운명을 초월한 존재가 이 땅에 강림하리라!

폭군으로부터 이세계를 구원한 지구인 소년 성시한.
부와 명예, 아름다운 연인…
해피엔딩으로 이야기는 끝인 줄 알았건만
그 대가는 지구로의 무참한 추방이었다.
그리고 10년 후……

"내가 돌아왔다! 이 개자식들아!"

한 번 세상을 구한 영웅의 이계 '재'진입 이야기!

Book Publishing CHUNGEORAM

유행이 아닌 자유추구-
WWW.chungeoram.com

철순 장편소설
FUSION FANTASTIC STORY

괴물 포식자

지구 곳곳에 나타난 차원의 균열.
그것은 인류에게 종말을 고하는 신호탄이었다.

『괴물 포식자』

괴물을 먹어치우며 성장한 지구 최강의 사내, 신혁돈.
그는 자신의 힘을 두려워한 인류에 의해
인류의 배신자라는 낙인이 찍히고 죽게 되는데…

[잠식이 100%에 달했습니다.]
[히든 피스! 잠들어 있던 피닉스의 심장이 깨어납니다.]

불사의 괴물, 피닉스의 심장은
신혁돈을 15년 전으로 회귀하게 한다.

먹어라! 그리고 강해져라!
괴물 포식자 신혁돈의 전설이 시작된다!

Book Publishing CHUNGEORAM

유행이 아닌 자유추구 -
WWW.chungeoram.com

十字星
십자성
허담 新무협 판타지 소설
FANTASTIC ORIENTAL HEROES
전왕의 검

신력을 타고났으나 그것은 축복이 아닌 저주였다.

『십자성 - 전왕의 검』

남과 다르기에 계속된 도망자의 삶.
거듭된 도망의 끝은 북방 이민족의 땅이었다.
야만자의 땅에서 적풍은 마침내 검을 드는데……!

"다시는 숨어 살지 않겠다!"

쫓기지 않고 군림하리라!
절대마지 십자성을 거느린
적풍의 압도적인 무림행이 시작된다!

Book Publishing CHUNGEORAM

유행이 아닌 자유추구
WWW.chungeoram.com